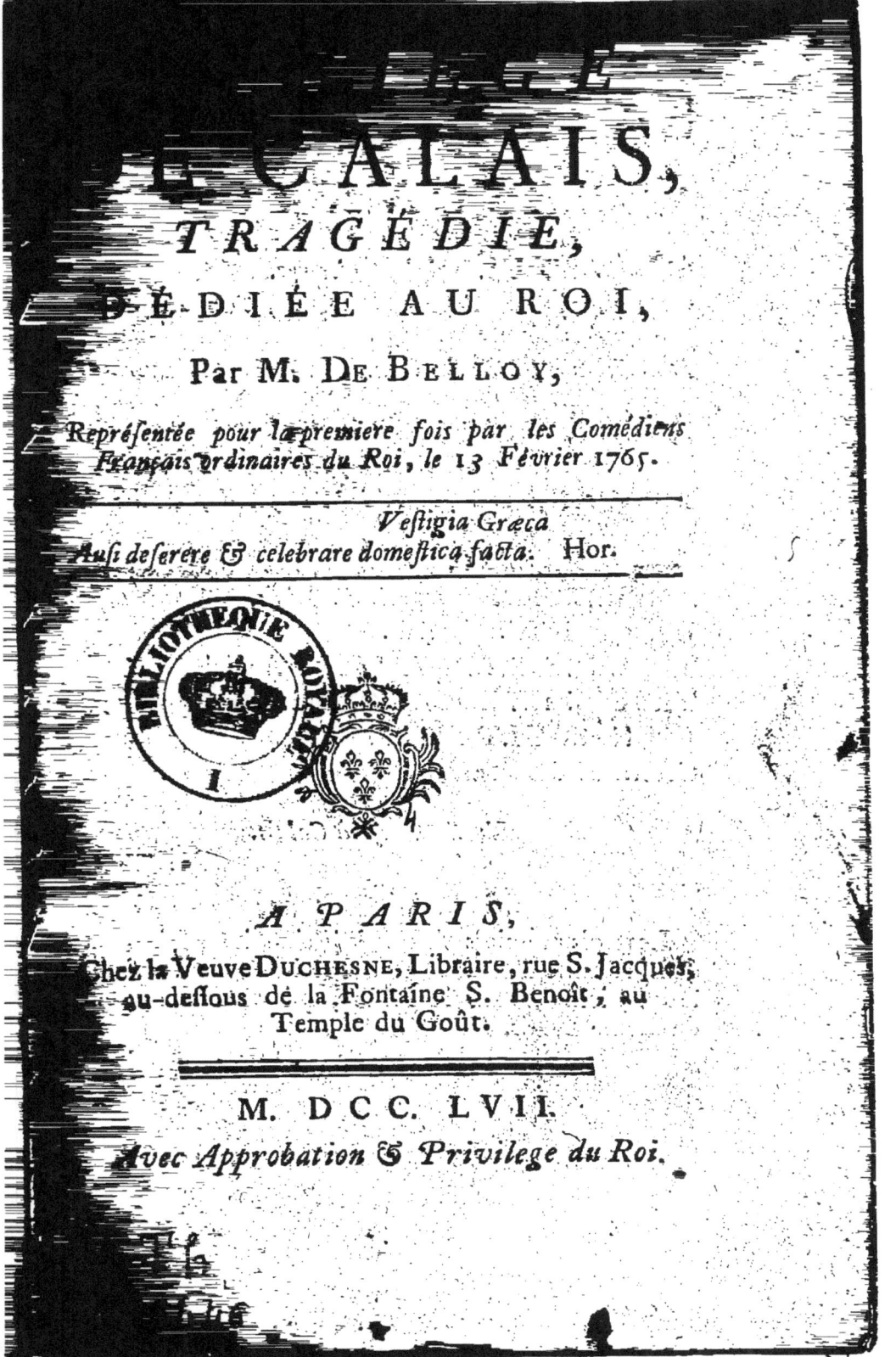

...E CALAIS,

TRAGÉDIE,

DÉDIÉE AU ROI,

Par M. DE BELLOY,

Représentée pour la première fois par les Comédiens Français ordinaires du Roi, le 13 Février 1765.

Vestigia Græca
Ausi deserere & celebrare domestica facta. Hor.

A PARIS,

Chez la Veuve DUCHESNE, Libraire, rue S. Jacques, au-dessous de la Fontaine S. Benoît, au Temple du Goût.

M. DCC. LVII.

Avec Approbation & Privilege du Roi.

PERSONNAGES.

ÉDOUARD III. *Roi d'Angleterre.*

GODEFROI DE HARCOURT, *l'un des Généraux de l'Armée Anglaise.*

ALIÉNOR, *Fille du Comte de Vienne, Gouverneur de Calais.*

MAUNI, *Chevalier Anglais.*

LE COMTE DE MELUN, *Chevalier Français.*

EUSTACHE DE SAINT-PIERRE, *Maire de Calais.*

AURÈLE, *son Fils.*

AMBLÉTUSE, *Bourgeois de Calais.*

UN OFFICIER Anglais.

TROUPE DE CHEVALIERS Anglais.

TROUPE DE BOURGEOIS de Calais.

UN HÉRAULT D'ARMES.

GARDES d'Édouard.

La Scene est à Calais.

Les trois premiers Actes & le cinquieme se passent dans la Salle d'Audience du Palais du Gouverneur; le quatrieme, dans la Prison, qui est un souterrein du même Palais.

AU ROI.

IRE,

DE tous les Peuples de la Terre, le vôtre est celui qui sait le mieux aimer ; & vous êtes le Roi qu'il a jugé le plus digne de son amour. Pere de la Patrie, daignez agréer un Ouvrage entrepris pour elle. Ce Drame, tout faible qu'il doit paraître, a été l'occasion de nouveaux témoignages de tendresse mutuelle

que la France & son Maître viennent de
se donner. Dès que l'on parle à ma Nation de ce zele ardent qui l'a toujours enflammée pour ses Souverains, avec quel
secret plaisir, avec quels doux transports
tous les cœurs se tournent vers VOTRE
MAJESTÉ ! Calais a rappellé Metz,
époque à jamais attendrissante, devenue
l'éloge immortel du Monarque & de son
Peuple. Ah ! SIRE, que vous sentez vivement tout ce que méritent de tels Sujets !
Mais aussi que ne doit pas attendre d'eux
un Prince qui leur fait adorer sur le Trône l'ame la plus vertueuse de son Empire ?
Le cri public ajoute, la plus modeste :
& ce mot m'avertit que le silence est mon
devoir.

Je suis avec la vénération profonde que je
dois à Votre Personne Sacrée, & la recon-
noissance respectueuse qu'exigent vos bienfaits.

DE VOTRE MAJESTÉ,

Le très-humble, très-obéissant
& très fidèle Sujet,
DE BELLOY.

LE SIEGE
DE CALAIS,
TRAGÉDIE.

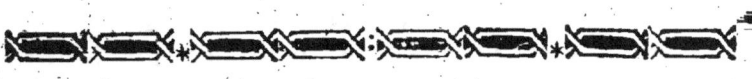

ACTE PREMIER.

SCENE PREMIERE.

EUSTACHE DE SAINT-PIERRE,
AMBLÉTUSE.

SAINT-PIERRE.

Uoi ! le Comte de Vienne eſt ſorti de
    Calais,
Et ſon ordre, avec vous, m'enchaîne en
    ſon Palais !
Il combat pour nos jours ; & ſa prudence
    active
Borne à des ſoins obſcurs notre valeur oiſive !
Prêts à voler ſoudain aux Poſtes menacés,
Au centre de nos murs ſon choix nous a placés :
Mais l'Anglais, prodiguant de trompeuſes alarmes,
Pour affaiblir nos coups, a diviſé nos armes.

LE SIEGE DE CALAIS,

O Patrie !.... ô tourment pour un vrai Citoyen !
Je vois ton fang verfé, fans y mêler le mien !
De ce fier Gouverneur la funefte vaillance
Toujours aux grands périls réferve fa préfence.

AMBLETUSE.

O Maire de Calais, modérez vos douleurs !
L'abfence des dangers afflige nos deux cœurs:
Mais vous avez un fils que Vienne vous envie,
Qui peut au champ d'honneur mourir pour la Patrie:
Près de Vienne & d'Harcourt, par fes exploits naiffans,
L'éclat de fa jeuneffe honore vos vieux ans.
Pendant ce Siege affreux, fon zele & fon courage
De notre délivrance ont commencé l'ouvrage :
Quel bonheur, fi ce jour confommant nos travaux,
Joignoit fon nom vainqueur aux noms de nos Héros !
S'il obtenait ce prix, le plus flatteur peut-être,
Le plus cher aux Français, l'eftime de fon Maître !

SAINT-PIERRE.

Généreux Amblétufe, en vain à ma douleur
D'un avenir fi doux tu préfentes l'erreur :
Par un trouble inconnu, malgré moi, je rejette
L'image du bonheur que mon ame fouhaite.

AMBLETUSE.

Quoi ! vous défefpérez du fort de ce combat !

SAINT-PIERRE.

J'efpere tout, ami, des deftins de l'Etat.
Malheur aux Nations, qui, cédant à l'orage,
Laiffent par les revers avilir leur courage,
N'ofent braver le fort qui vient les opprimer,
Et, pour dernier affront, ceffent de s'eftimer.
De notre efpoir encor rien ne tarit les fources ;
C'eft par les grands malheurs qu'on apprend fes ref-
 fources.
Je pourrai, dans ce jour, périr avec mon fils ;
Mais ma mort peut fervir au bien de mon Pays :
Et fi nos Citoyens tiennent tous ce langage,
Du falut de l'Etat c'eft le plus fûr préfage.

AMBLETUSE.

Ils ont appris de vous à triompher du fort ;

Croyez qu'ils beniraient leur chûte avec transport,
Si Calais, en tombant, pouvait sauver la France.

SAINT-PIERRE.

C'est-là, je l'avouerai, ma plus ferme espérance.
Je doute qu'en nos murs nous voyons introduit
Le secours qu'à grands pas le Roi même y conduit.
Peut-il forcer ce Camp d'étonnante structure,
Ce chef-d'œuvre de l'Art servi par la Nature,
Qui, nous environnant d'immenses boulevards,
Forme un autre Calais autour de nos remparts ?
Comment Vienne & le Roi, que l'ennemi sépare,
Se concerteront-ils pour l'assaut qu'on prépare ?
Du Vainqueur de Créci le fatal ascendant
Du succès d'Edouard est le triste garant ;
En vain Louis d'Harcourt à Valois si fidele,
Contre un Frere proscrit vient signaler son zele :
Ce coupable Héros, ce bouillant Godefroi,
Long-tems l'espoir des Lys, aujourd'hui leur effroi,
Bravant de nos Guerriers l'imprudence hardie,
Accable la Valeur sous l'effort du Génie :
Pour ses yeux pénétrans l'Art n'a plus de secrets ;
La France doit sa perte aux talens d'un Français.

AMBLETUSE.

Des brigues de la Cour quel effet déplorable !
Ce fut en l'outrageant qu'on le rendit coupable.
Innocent & plongé dans l'horreur des cachots,
La seule excuse, hélas ! des erreurs d'un Héros,
La vengeance égara son ardente jeunesse :
L'exil accrut encor cette sanglante ivresse :
Aux rigueurs du Ministre opposant l'attentat,
Un seul homme opprimé fit les maux de l'Etat.

SAINT-PIERRE.

J'entends toujours gronder ces foudres mugissantes.

AMBLETUSE.

L'écho des Mers répond sous vos voûtes tremblantes.

SAINT-PIERRE.

Eh ! que peut désormais tout l'effort d'un grand cœur
Contre les noirs Volcans d'un airain destructeur,
Qui semble renfermer le dépôt du Tonnerre,

Et dont le feul Anglais effraye encor la Terre;
Mais qui, des Nations réglant bientôt le fort,
Dans le Monde étendra l'empire de la mort ?
Monument infernal d'un fiecle d'ignorance,
Où l'art de fe détruire eft la feule fcience.

Grand Dieu c'eft pour punir les crimes des humài
Que du feu de l'Enfer tu viens d'armer nos mains :
Et tu peux t'en remettre à nos cœurs fanguinaires
De rendre ce fléau plus mortel à nos freres.
Amblétufe, le bruit eft foudain fufpendu.

AMBLETUSE *après avoir écouté un moment.*
O filence effrayant !

SAINT-PIERRE.
Ami, tout eft perdu.
Je ne vois point flotter l'étendart de la gloire,
Qui devait, fur la Tour, m'annoncer la victoire.

AMBLETUSE.
Il n'en faut point douter, nos Guerriers font vaincus:

SAINT-PIERRE.
S'il eft vrai, je friffonne. . . . Ah ! mon fils n'eft donc
plus.
Il n'a jamais fu fuir : fa chaleur indifcrette
Voit comme un déshonneur la plus fage retraite:
Il eft mort; & mes pleurs... Que fais-je ? O mon Pays,
Quand je t'aurai fauvé, je pleurerai mon fils !
Amour de la Patrie, ô pure & vive flâme !
Toi, Mere de vertus; toi, l'ame de mon ame,
Rallume dans mon fein tes transports généreux;
Que mes pleurs paternels foient féchés par tes feux:
C'eft mon Pays, mon Roi, la France qui m'appelle,
Et non le fang d'un Fils qui dût mourir pour elle.

(*A Amblétufe.*)
Courez à nos remparts, allez tout éclaircir.

SCENE II.

SAINT-PIERRE *seul.*

Voici donc le moment que j'ai fu preffentir !
De tant de jours cruels voici l'heure derniere !....
Mais elle ouvre à l'honneur la plus vafte carriere ;
C'eft l'inftant du Héros.... Rien ne paroît encor.
Digne fille de Vienne, intrépide Aliénor,
Qu'allez-vous devenir ?.... Du haut de nos murailles
Elle a dû voir le fort de ces triftes batailles :
Et Vienne, qui toujours rentrait ici vainqueur,
Ne voulait point furvivre à fon premier malheur.
Elle approche.

SCENE III.

ALIENOR, SAINT-PIERRE.

ALIENOR *en pleurs, foutenue fur une de fes femmes.*

O Mon pere !
SAINT-PIERRE.
     A peine elle refpire.
Madame, eh! quoi, vos pleurs !.....
ALIENOR.
     Ils doivent tout vous dire.
Si des revers plus grands pouvaient nous accabler,
Le deftin contre nous fçaurait les raffembler.
Le Roi, mon Pere, Harcourt, d'une ardeur in-
   croyable,
Ont affailli par-tout ce Camp fi redoutable :
J'ai vu périr Harcourt, on dit le Roi bleffé,

B

Et mon pere eſt captif d'un Vainqueur courroucé.

Nos Soldats s'avançaient dans un calme terrible,
Soudain tonne l'airain, juſqu'alors inviſible :
Et ſes bouches de feu vomiſſent dans nos rangs
Les inſtrumens de mort qu'il porte dans ſes flancs.
Nos braves Chevaliers, & mon pere à leur tête,
De cent globes de fer ont bravé la tempête,
Quand, ſous des coups mortels, ſon courſier chan-
       celant,
L'entraîne & ſe débat ſur mon pere ſanglant.
Plus prompts que tous mes cris, qu'ils ne pouvaint
       entendre,
Les Français éperdus volent pour le défendre;
Combien l'amour encore embraſait leur valeur !
Pour leur pere commun ils avaient tous mon cœur.
Mais toujours plus fatal pour les plus magnanimes,
Ce foudre inépuiſable entaſſe ſes victimes;
Et nos rangs écraſés par ſes feux renaiſſans,
Ne ſont qu'un long monceau de cadavres fumans.
Sur les reſtes épars de ce vaſte carnage,
Le glaive a de la flâmme achevé le ravage;
Et des Anglais vainqueurs, en déteſtant ſes jours,
Mon pere enfin reçoit des fers & des ſecours :
C'eſt au fils d'Edouard, jaloux de ſa vaillance,
Qu'on dit qu'il a rendu les débris de ſa lance.

SAINT-PIERRE.

Quel ſort ! Autant que vous je m'en dois affliger....
Mais ma bouche frémit de vous interroger,
Madame. Je fus pere : ah ! ce combat funeſte
M'enleve-t-il encor le ſeul fils qui me reſte ?

ALIENOR.

Je l'ai vu, malgré lui, porté par nos Soldats,
Qu'il inondait du ſang qui coulait de ſon bras :
Tant qu'il a pu combattre, il fut notre eſpérance.

SAINT-PIERRE.

Il reſpire ! & ſon ſang a coulé pour la France !....
Double faveur des Cieux qui ſe répand ſur moi !
J'ai donc un fils encore à donner à mon Roi !

ALIENOR.

Dieu ! l'admiration a fuspendu mes larmes.
O cœur vraiment Français ! ô tranfport plein de
    charmes !
Quand Vienne me quittait pour fes devoirs cruels,
Vous rempliffiez vers moi fes devoirs paternels :
Je le revois toujours dans votre ame intrépide ;
Quel cœur, auprès de vous, peut-être encor timide ?

SAINT-PIERRE

Je cours fur les remparts recueillir nos débris.

ALIENOR.

Demeurez. C'eft un foin qu'Aurele a déja pris.
L'Anglais eft retiré, fon camp paraît tranquille ;
Tout eft en sûreté fur les murs de la Ville.
Mais du fort de mon pere il faut nous occuper :
Au courroux du Vainqueur pourra-t-il échapper ?
Pour fçavoir fes deftins, ma frayeur & mon zele
Députent vers l'Anglais un Ecuyer fidele :
Pardonnez : fes périls, préfens à mes douleurs,
Ebranlent mon courage & m'arrachent des pleurs.
   Vous le voyez, hélas ! fage & brave Saint-Pierre,
Edouard peu content du Trône d'Angleterre,
Veut encor dans Paris hériter de nos Rois :
De fa mere, avec fafte, il réclame les droits ;
Valois même, à fes yeux, n'eft qu'un Prince rebelle....
S'il va punir mon pere en Sujet infidele !

SAINT-PIERRE.

Edouard des Français cherche à gagner les cœurs,
Et non à les aigrir par d'injuftes rigueurs.
Mais, fi de fon courroux la prompte violence
Peut fur la politique emporter la balance,
Le jeune Harcourt, qui brille entre fes favoris,
Harcourt, que votre pere éleva comme un fils ;
Lui, qui formant l'efpoir du plus tendre hymenée,
Vit à fa noble ardeur votre main deftinée ;
Lui, l'auteur de vos maux, qu'il plaint au fond du
    cœur,
Sçaura fléchir ce Roi que lui feul rend vainqueur.

ALIENOR.

Ah ! c'eſt le ſeul Français parjure à ſon vrai Maître,
Que j'aurais à rougir des bienfaits de ce traître !
Son nom eſt mon opprobre, & ſes perfides mains
Ont briſé dès, long-temps, tous les nœuds les plus
      ſaints :
Il outragea l'amour.... l'amour qui parle encore
Pour l'ingrat qui l'oublie & qui le déshonore.
Quand j'acceptai ſon cœur, il méritait le mien :
L'attrait de ſes vertus fut mon premier lien :
Mes feux n'empruntaient pas ces ombres du myſtere,
Des coupables amours refuge néceſſaire :
Dans la ſimplicité d'une innocente ardeur,
On oſe à l'Univers avouer ſon vainqueur.
Soit que dans les Tournois, école de la gloire,
Il fit le noble eſſai des jeux de la victoire ;
Soit que ſon bras, vengeur des Chrétiens avilis,
Abbatît le Croiſſant & relevât les Lys,
Mes chiffres, mes couleurs ornaient toujours ſes
      armes ;
Toujours il crut ſon ſang trop payé par mes larmes :
Ah ! ce ſang était pur. En plaignant ſon malheur,
L'amour était du moins conſolé par l'honneur :
Mais il me faut pleurer, dans ſon triomphe impie,
Des exploits dont l'éclat augmente l'infamie.

S C E N E   I V.

ALIENOR, SAINT-PIERRE, AMBLETUSE.

AMBLETUSE.

IL n'eſt plus d'eſpérance ; & j'ai vu votre fils
Bleſſé, mais plus ardent, raſſembler nos débris.
A travers la pâleur qui couvrait ſon viſage,
Ses yeux étincelaient du feu de ſon courage.
A peine de ſon ſang on arrête les flots,

Qu'au-devant de la mort il retourne en Héros ;
Et du brave Mauni repoussant les bannieres ,
Il a pour la retraite assuré nos barrieres.
Il voulait plus. Nos soins retiennent sa chaleur ,
Imprudence excusable à sa jeune valeur.
Le voici.

SCENE V.

ALIENOR, SAINT-PIERRE, AMBLETUSE,
AURELE *le bras en écharpe* , & *soutenu par un*
Bourgeois.

SAINT-PIERRE, *allant vers son fils,*
& l'embrassant.

Viens, reçois le prix de ton courage ,
Mon cher fils. De mon sang tu fais un digne usage :
Du plaisir de le voir noblement répandu ,
Sens tressaillir ce cœur de qui tu l'as reçu.

AURELE.

J'en conserve, mon pere, en ces momens funestes ,
Assez pour honorer & vendre cher ses restes ,
Et pour tenir , peut-être , à nos fiers ennemis
Ce qu'en d'autres combats mes essais ont promis.
De mes sens trop émus excusez la faiblesse.
   (*Il s'assied ; son pere le serre dans ses bras.*)
Vos yeux baignent mon front de larmes d'allégresse :
Que ne puis-je en triomphe expirer dans vos bras,
Vous montrer ces remparts sauvés par mon trépas,
Donner en vrai Français , à mon heure derniere ,
Mon sang à ma Patrie, & mes pleurs à mon pere !
   (*A Aliénor.*)
Madame, sçavez-vous le nom de mon vainqueur ?
Sous le bras d'un Héros je tombe avec honneur.
Je défendais Harcourt, mourant sur la poussiere ;
Un Guerrier m'a blessé... J'ai reconnu son frere ;

Dans cet inftant fatal ils fe font vus tous deux...
Jugez fi le mourant eft le plus malheureux.

ALIENOR.

Ciel ! tu veux lui choifir les plus cheres victimes !
Qu'il doit être effrayé du bonheur de fes crimes !

AMBLETUSE à *Saint-Pierre.*

Ami, les Chefs du Peuple, en ce moment d'effroi,
Sur leurs derniers devoirs viennent prendre ta loi.

SAINT-PIERRE *fait figne qu'on les laiffe entrer.*

(*A Aliénor.*)

Rendez-leur votre pere en gouvernant leur zele,
Que votre fexe en vous ait toujours un modele :
Souverain des Français, il peut tout fur leurs cœurs :
C'eft lui qui fait fouvent leur gloire ou leurs malheurs;
Et lorfque les vertus font un droit pour lui plaire,
En aimant la Patrie, il nous la rend plus chere.
D'un Peuple fans efpoir éclairez la valeur;
Vous êtes fon oracle, il confulte l'honneur.

SCENE VI.

ALIENOR, SAINT-PIERRE, AURELE,
AMBLELUSE, CHEFS DES BOURGEOIS.

SAINT-PIERRE.

Défenfeurs de Calais, Chefs d'un Peuple fidele,
Vous, de nos Chevaliers l'envie & le modele,
Faudra-t-il, pour un tems, voir les fiers Léopards
A nos Lys ufurpés s'unir fur nos remparts?
La feconde moiffon vient de dorer nos plaines,
Et de tomber encor fous des mains inhumaines.
Depuis que d'Edouard l'ambitieux orgueil,
Dans nos Forts ébranlés, voit toujours fon écueil,
La valeur des Français difpute à leur prudence
L'honneur de tant d'exploits & de tant de conftance;
Vingt fois de fes travaux comptant le dernier jour,
L'Anglais de l'autre aurore appellait le retour;

Et par nos murs ouverts respirant le carnage,
Sur leurs restes tombant, méditait son passage.
Le jour reparaissait, & ses regards surpris
Trouvaient un nouveau mur formé des vieux débris.
Ses pieges destructeurs renversés sur lui-même,
Ce courage plus grand que son courage extrême,
L'ont enfin, malgré lui, contraint de renoncer
Aux périls, aux assauts qui n'ont pu vous lasser.
Il remit sa victoire à ces fléaux terribles,
De l'humaine faiblesse ennemis invincibles :
Nous vîmes ces fléaux, l'un par l'autre enfantés,
Multiplier la mort dans ces lieux dévastés :
Du Ciel & des Saisons les rigueurs meurtrieres,
La disette, la faim, nous ont ravi nos freres;
Et la contagion sortant de leurs tombeaux,
De ces morts si chéris fait encor nos bourreaux.
     Le plus vil aliment, rebut de la misere,
Mais, aux derniers abois, ressource horrible & chere,
De la fidélité respectable soutien,
Manque à l'or prodigué du riche Citoyen ;
Et ce fatal combat, notre unique espérance,
Nous sépare à jamais des secours de la France :
Tandis que cent Vaisseaux environnant ce Port,
Renferment avec nous l'indigence & la mort.
     Si d'un Peuple assiégé la derniere infortune,
Ne nous avait réduits qu'à la douleur commune
De céder au vainqueur vaillament combattu,
J'y pourrais, avec vous, résoudre ma vertu :
Mais l'injuste Edouard nous ordonne le crime;
Il veut qu'en abjurant notre Roi légitime,
Sur le Trône des Lys, au mépris de nos loix,
Un serment sacrilege autorise ses droits :
Il prétend recevoir ses conquêtes nouvelles
En Prince qui pardonne à des Sujets rebelles.
Vous ne donnerez point à nos tristes Etats
Cet exemple honteux... qu'ils n'imiteraient pas :
Vous n'irez point souiller une gloire immortelle,
Le prix de tant de sang, le fruit de tant de zele :
Nous mourrons pour le Roi, pour qui nous vivions
     tous.

Choififfez le trépas le plus digne de vous:
Je vous laiffe l'honneur de tracer la carriere,
Content que ma vertu s'y montre la premiere.

ALIENOR.

Citoyens, j'entrevois quel effort courageux
Attend, fans le prefcrire, un Chef fi généreux;
Mon pere projettait un noble facrifice....
Quel bonheur que fans lui fa fille l'accompliffe!
Ah! j'en rends grace au Ciel. Calais fut mon berceau
Et je veux avec vous y trouver mon tombeau.
Puifque votre valeur ne peut plus s'y défendre,
Faifons-nous un bucher de la Patrie en cendre.
Songez que cette nuit le vainqueur furieux
Peut, au premier affaut, fe voir maître en ces lieux.
De ce Peuple, épuifé par tant de funérailles,
A peine un faible rang couronne nos murailles:
Attendez-vous, amis, ainfi que dans Beauvais,
Que le Soldat féroce, avide de forfaits,
Sur le fein palpitant des femmes égorgées,
Traîne vos fils fanglans, vos filles outragées?
Ah! prévenez le crime en cédant au malheur;
Que la mort foit du moins l'afyle de l'honneur.
Vous verrez, comme moi, vos époufes fideles
Encourager vos mains, heureufement cruelles,
Et preffant dans leurs bras leurs peres, leurs époux,
Sous nos toits enflammés s'élancer avec vous.
Qu'Edouard n'ait conquis, dans une année entiere,
Qu'un ftérile monceau de cendre & de pouffiere:
Que le parjure Harcourt, confus, défefpéré,
Reconnaiffe les cœurs dont il s'eft féparé;
Qu'il en meure de honte, & que mon digne pere
Me pleure en m'admirant .... comme il pleura mon
        frere.
Enfin, qu'au fein des feux qui vont nous dévorer,
Où notre gloire encor va fe voir épurer,
Nous puiffions dire au moins que, fans changer de
        Maître,
Ceffant d'être Français, Calais a ceffé d'être.

AURELE.

AURELE.

O noble emportement ! défespoir de l'honneur,
Qui ranime mes fens & paffe dans mon cœur !
Oui, d'un œil inquiet la France nous contemple,
Et fon fort déformais dépend de notre exemple :
Il faut, pour relever fes Peuples abattus,
Hors du terme commun leur montrer des vertus.
Pour chaffer de nos bords ce vaillant Infulaire,
Pour ravir notre Sceptre à fa race étrangere,
Prouvons - lui que fon bras peut nous anéantir,
Peut nous réduire en poudre, & non nous affervir.
L'Anglais nous enviera nos fépulchres de flamme :
Si d'une faible argile il affranchit fon ame,
Si brave la Nature & l'ofe furmonter,
Notre amour pour nos Rois peut auffi la dompter.
Courons. (*Il prend la main de fon pere & s'arrête.*)
        Mais je verrai par des flammes cruelles
Dévorer cette tête & ces mains paternelles !...
Je ne le verrai point, ils en frémiffent tous...
Plus jeune, je fçaurai m'y plonger avant vous.
                    (*Il veut fortir.*)

SAINT-PIERRE *l'arrêtant.*

Demeure... O mes amis ! c'eft le Ciel qui m'infpire.
Vous vivrez. J'ai fauvé des Héros que j'admire.
Au Monarque, à l'Etat, confervez vos grands cœurs.
(*A Aliénor.*)
Déclarons à l'Anglais vos projets deftructeurs ;
Offrons d'y renoncer, de lui rendre la Ville,
L'Or, & ces dépôts de richeffe inutile,
S'il nous laiffe partir, Guerriers, Femmes, Enfans,
Et porter tous au Roi nos fervices conftans.
Je conçois d'Edouard la rage frémiffante...
Pour fauver fa conquête, il faut qu'il y confente.
Eh ! qu'importe à Philippe, en fes nobles projets,
De perdre des remparts, s'il garde fes Sujets !
Abandonnons pour lui nos biens, notre Patrie,
Sacrifice plus grand que celui de la vie.
Son malheur nous appelle auprès de fes drapeaux,
Oublions nos revers dans des périls nouveaux ;
                                        C

Qu'il remette en nos mains, aux combats exercées,
Ses remparts les moins fûrs, ſes Villes menacées;
Et qu'en nous y trouvant, les Anglais rebutés
Reconnaiſſent Calais dans toutes nos Cités.

Madame ; à ce diſcours vous voyez que la joie,
Comme ſur votre front, dans leurs yeux ſe déploie.
Partez, brave Amblétuſe, allez en ſûreté
Au Conquérant Anglais propoſer ce traité.
Nous annonçons au Peuple un bonheur qu'il ignore....
Quel préſent je vais faire au Maître que j'adore !

Fin du premier Acte.

A C T E   II.

S C E N E   P R E M I E R E.

LE COMTE D'HARCOURT *ſeul.*

DAns mes ſens ſoulevés quel tumulte confus !
Je rougis de moi-même & ne me connais plus.
Cité, que je remplis d'infortune & de gloire,
Contemple ton vainqueur, il pleure ſa victoire.
Cher Harcourt ! O mon frere, à mes yeux immolé !
O mortel vertueux !... à qui j'ai reſſemblé,
Sans ceſſe autour de moi je vois ton ombre errante ;
J'entends les longs ſanglots de ta bouche expirante.
Que de devoirs ſacrés, méconnus ſi long-tems,
Rentrent tous dans mon ame à tes derniers accens !
Ils frappent, par ta voix, mon oreille éperdue;
Ton ſang de tous côtés les retrace à ma vûe.
La honte, les remords, la rage, la douleur,
Mille poiſons brûlans fermentent dans mon cœur;
Et l'amour, plus terrible en ce déſordre extrême,

S'accroît par les tourmens qu'il redouble lui-même.
O toi dont j'ai trahi la respectable ardeur,
Dont j'ai semé les jours d'amertume & d'horreur,
Si la vengeance habite en ton ame outragée,
Viens jouir de mes maux, ils t'ont assez vengée.

SCENE II.

HARCOURT, UN OFFICIER ANGLAIS.

HARCOURT.

EH bien ! qu'a-t-elle dit ?

L'OFFICIER.

Elle vient sur mes pas,
Et j'ai rempli votre ordre en ne vous nommant pas.

HARCOURT.

Je brûle de la voir... & tremble à son approche.
De ceux qu'on a trahis l'aspect est un reproche.
(Il fait signe à l'Officier de se retirer.)

SCENE III.

HARCOURT, ALIENOR.

ALIENOR, *du fond du Théatre, marchant vers le
Comte sans l'envisager.*

SEigneur, je l'avouerai, d'un Monarque vainqueur
Je n'osois point attendre un tel excès d'honneur.
Quoi ! pour me rassurer sur le sort de mon pere,
Il m'envoie...
(Harcourt se jette à ses pieds.)
Ah ! grand Dieu ! c'est Harcourt... Téméraire,
Qui peut donc m'exposer à l'horreur de te voir !

HARCOURT.

Le repentir en pleurs, l'amour au désespoir.

Ah ! calmez un moment cette ardente colere.
ALIENOR.
Obéis à ton Roi , parle-moi de mon pere.
HARCOURT.
Edouard vous promet de respecter ses jours.
ALIENOR *avec joie.*
Ah !... je peux donc cesser d'entendre tes discours.
Adieu.

HARCOURT *la suivant.*
Vous m'entendrez , ou ma mort est certaine ;
Mon amour furieux servira votre haine.
(*L'arrêtant.*)
Demeurez , ou mon sang va rejaillir sur vous.
(*Il met la main à son épée.*)
ALIENOR.
Ce crime te manquait pour les couronner tous.
Malheureux ! meurs encor sans réparer ta vie.
HARCOURT.
Je veux la réparer , c'est mon unique envie.
Daignez servir de guide aux aveugles transports
De ce cœur , forcené jusques dans ses remords.
Ce choc tumultueux des remords & du crime,
Va m'égarer peut-être au sortir de l'abîme :
Un regard sur moi-même obscurcit ma raison.
Opprobre de l'amour , fléau de ma Maison ,
Horreur du nom d'Harcourt, dont j'ai flétri la gloire...
ALIENOR.
Le nom d'Harcourt flétri ! lâche , oses-tu le croire ?
Va , le nom des Héros , par un traître porté ,
N'arrive pas moins pur à l'immortalité.
Leur gloire , sur ton front repoussant l'infamie ,
Sert à mieux l'éclairer sans en être obscurcie.
Ta honte est à toi seul , & tes fils glorieux
Oublieront ton néant pour nommer leurs ayeux.
Te voilà retranché d'une race immortelle ,
Que déja tu couvrais d'une splendeur nouvelle.
De ces fameux Harcourts les manes empressés
S'attendaient à l'honneur de se voir surpassés ;
Ton cœur a démenti sa promesse sublime ;

Tu fais de cent vertus les inftrumens du crime.
Avec moins de talens, ton frere plus humain,
Lui qui vient de périr, peut-être fous ta main,
Offrait à notre amour, par un rare affemblage,
Le Citoyen, l'Ami, le Guerrier & le Sage :
Utile à fa Patrie & fidele à fes Rois,
Ses illuftres revers flétriffent tes exploits.
Contre lui, contre Vienne armant tes bras perfides,
Tes victoires étaient autant de parricides.
Acheve. Ofe, cruel, fous ces murs malheureux,
Me voir plonger vivante en des torrens de feux.
Cueille ces vils lauriers que l'Anglais veut te vendre,
Trempés du fang d'un frere, & couverts de ma
    cendre.

HARCOURT.

Ah! quels traits déchirans vous plongez dans mon fein!
Que d'horreurs!... quoi! mon frere expirer par ma
    main!
Non... Mais fa mort me rend à l'efpoir de ma race.
Que n'étiez-vous préfente au jour de ma difgrace !
L'afcendant que fur moi vous donnaient vos appas,
Sur le penchant du crime eût retenu mes pas.
En me privant de vous on me rendit rebelle.
Exilé de la France, & foupirant vers elle,
Je m'armai pour punir un Miniftre oppreffeur,
Pour l'en chaffer moi-même en y rentrant vainqueur.
Ah! de fes fils abfens la France eft plus chérie ;
Plus je vis d'Etrangers, plus j'aimai ma Patrie ;
C'eft pour elle & pour vous que j'ai tout entrepris :
Ma valeur en vous deux voyait fon plus doux prix.
Edouard fçut flatter mon amour, ma vengeance,
Edouard me parut le vrai Roi de la France ;
Mais le trépas d'Harcourt terraffant ma fureur,
Vient par un coup de foudre éclairer mon erreur.
Sur des morts entaffés me frayant un paffage,
Mon courroux pourfuivait les débris du carnage ;
Je m'entends appeller d'une mourante voix ;
Je m'arrête... O mon frere!... à mes pieds je le vois,
Me tendant une main déchirée & tremblante ;

Le fang coule à longs flots de fa tête fumante ;
Ses cheveux tout trempés , & fur fon front épars,
Me laiffent avec peine entrevoir fes regards.
» Viens , qu'au dernier foupir , viens, qu'un frere
      t'embraffe. .
» Puiffe ma mort du moins m'obtenir une grace.
» Le Roi perd un Soldat , qu'il trouve plus en toi ;
» Va lui rendre un Héros , meurs un jour comme
      moi.
Je l'embraffe , & fon fang eft lavé par mes larmes ;
Il expire... Je tombe étendu fur fes armes.
On nous porte tous deux aux tentes des vainqueurs ;
Mes fens font ranimés par l'excès des douleurs.
Votre nom prononcé dans ces momens terribles ,
Vos dangers , le récit de vos projets horribles ,
Vienne & fes durs mépris , tout confondant mes
      vœux,
En a tourné vers vous le reflux orageux ;
Et je fens que l'amour , lorfque l'honneur l'épure ,
Donne encor plus de force au cris de la nature.

ALIENOR.

Eh bien , ofe venger nos maux & tes forfaits.
Je peux tout oublier.... Viens délivrer Calais ;
Rends un malheureux pere à fa fille tremblante ,
Et la gloire & la vie à la France expirante.
De quelle ardeur j'irais te couvrir des lauriers
Qu'un noble amour prépare aux dignes Chevaliers !
Mais hélas !... vaine erreur ! fonge de l'efpérance !
Le falut de Calais n'eft plus en ta puiffance !
La faim vient d'énerver un refte de Soldats ,
Leurs intrépides cœurs ne trouvent plus de bras.
D'ailleurs, de tous nos Chefs la promeffe facrée ,
De ces murs , à l'Anglais , offre déja l'entrée.

HARCOURT.

Oui, je connais l'abîme où je fuis entraîné.
A des crimes encor par mon crime enchaîné ,
La vertu m'offre en vain de tardives lumieres ;
J'ai mis entr'elle & moi d'invincibles barrieres.
Mais... je puis des Français rejoindre les drapeaux....

Que dis-je ?... Eh ! penſez-vous qu'à mes ſermens
   nouveaux
L'inflexible Valois rende ſa confiance ?
Edouard a des droits ſur ma reconnoiſſance.
Sa fidele amitié me livra ſes ſecrets ;
Irai-je contre lui m'armer de ſes bienfaits ,
Moi qui , malgré la voix de ſon Sénat auguſte,
L'ai ſeul précipité dans cette guerre injuſte ?
Ah ! le Comte d'Artois traîna juſqu'à la mort
L'horrible déſeſpoir d'un impuiſſant remord ,
Et cet exemple affreux vient de montrer peut-être
L'inévitable fin de qui trahit ſon maître.

ALIENOR.

Qui s'avance en ces lieux ? Je vois de toute part
Les Chefs des Citoyens....

HARCOURT.

   C'eſt l'ami d'Edouard ,
C'eſt le brave Mauni que cette garde annonce,
Et qui vient de ſon Prince apporter la réponſe.

SCENE IV.

ALIENOR, HARCOURT, MAUNI,
EUSTACHE DE Sᵗ. PIERRE, AURELE,
AMBLETUSE, CHEFS DES BOURGEOIS,
ECUYERS.

MAUNI.

REbelles , qui bravez dans Edouard vainqueur
 Les droits de ſa naiſſance & ceux de ſa valeur,
Si ma main n'arrêtait les traits de ſa colere ,
Les ſupplices ſeraient votre commun ſalaire ;
A la fureur du glaive il vous livrerait tous ,
Et vos toits foudroyés s'écrouleraient ſur vous.
Mais il dédaigne enfin une foule inſenſée ,
Qui court à ſa ruine en victime empreſſée ;
Et des loix d'un Héros ignorant la douceur,
Se punit elle-même en fuyant ſon bonheur.
Partez , prenez encor l'uſurpateur pour maître ;

Mais fçachez qu'un tel Roi n'a pas long-tems à l'être ;
Et que fous fes drapeaux , s'il peut les relever ,
Le bras de vos vainqueurs fçaura vous retrouver.
D'Edouard cependant la févere juſtice
Exige , & j'en frémis , un fanglant facrifice.
» Ma clémence , dit-il , n'a fait que des ingrats ,
» Et par l'impunité j'invite aux attentats :
» Le châtiment du crime en détruira l'exemple.
Il veut qu'avec terreur la France vous contemple.
     (*Sans dureté.*)
Au glaive des bourreaux il vient de condamner
Six de vos Citoyens , qu'il faut m'abandonner.
Qu'en partant de ces murs votre choix me les livre ;
Allez , c'eſt à ce prix qu'il vous permet de vivre.
       AMBLETUSE.
A cette indignité nous nous verrions réduits !
       ALIENOR *à Harcourt*.
Et de ton crime encor voilà de nouveaux fruits.
       HARCOURT.
Ah Dieu !
       SAINT-PIERRE.
Soutiens , ô Ciel ! la vertu malheureuſe.
       AURELE.
O de la cruauté recherche induſtrieuſe !
Férocité tranquille en fa feinte douceur ,
Qui même avec le jour veut nous ravir l'honneur !
L'Anglais va doublement repaître fa furie
Du fang de nos Guerriers & de notre infamie.
C'eſt peu pour Edouard d'immoler fix Héros ,
Il veut qu'en les livrant nous foyons leurs bourreaux !
Nous , placer fous le fer les têtes les plus cheres ,
Un pere , des amis , nos enfans ou nos freres !
Ah ! je frémis d'horreur qu'on ofe à des Français
Prefcrire infolemment de fi lâches forfaits.
       (*A Mauni.*)
Qui peut les ordonner les commettrait fans doute.
C'eſt la honte en ces lieux , non la mort qu'on re-
     doute.
D'un Peuple vertueux le courage éprouvé ,

                       Par

Par un an de combats doit vous l'avoir prouvé,
Et ses derniers momens vont encor vous l'apprendre.
Tombons, braves amis, sous notre Ville en cendre.

(*A Aliénor.*)

Vous nous l'aviez bien dit ; c'est l'unique secours
Qui sauve notre gloire au défaut de nos jours.
Privons notre ennemi, par cet effort insigne,
Du fruit de ses exploits, dont il se rend indigne.

(*A Mauni.*)

Qu'aux yeux de l'avenir la place où fut Calais
Consacre nos vertus, atteste vos forfaits,
Et soit le monument le plus brillant peut-être
Que l'amour des François ait offert à leur Maître.

(*Les Bourgeois font un pas pour sortir.*)

HARCOURT *impétueusement.*

Non, braves Citoyens, non, je ne puis souffrir
Cette sublime horreur où je vois vous courir.
Je prétends envers vous expier ma victoire,
Et chéri d'Edouard je vais sauver sa gloire.
Je dois à mon honneur, au sien, à vos vertus,
D'arracher le bandeau de ses yeux prévenus.
J'emploierai tous mes droits, tout..... jusqu'à mes
  larmes...

(*Avec dépit.*)

C'est par moi qu'il n'a plus à craindre d'autres armes.
Mais s'il me rejettait, si l'orgueil du bonheur
A tout ce qu'il me doit pouvait fermer son cœur,
Je confondrai mon sang au sang des six victimes,
Et ce mélange heureux pourra laver mes crimes ;
Vous verrez qu'un cruel, artisan de vos maux,
Peut encore mourir de la mort des Héros.

(*A Aliénor.*)

Mon cœur en vous perdant regrettera ma vie,
Mais mon dernier regret sera pour ma Patrie.

(*Il sort.*)

D

SCENE V.

**ALIENOR , MAUNI , SAINT - PIERRE ,
AURELE, AMBLETUSE, BOURGEOIS.**

MAUNI.

QU'il fléchiffe Edouard, il combiera mes vœux.
 J'ai dû vous annoncer un ordre rigoureux ;
Mais je peux vous montrer , fous un front moins fu-
 nefte ,
L'ame d'un Chevalier & d'un vainqueur modefte:
Des fureurs de mon Roi je gémis plus que vous :
Vingt fois pour les calmer j'embraffai fes genoux.
Sa Cour , qu'attendriffait le refpect & l'eftime,
Qu'infpire à fes vainqueurs un vaincu magnanime ,
En vain pour le fléchir fecondait mes efforts ;
Rien ne peut appaifer fa haine & fes tranfports.
Il croit qu'en ce moment la rigueur tyrannique
Eft une loi d'Etat , un devoir politique ,
Et je crains que d'Harcourt l'impétueux courroux ,
En voulant vous fauver, ne le perde avec vous.

AMBLETUSE.

Eh bien , le défefpoir éclaire mon courage.
Pourquoi tourner fur nous notre inutile rage ?
En courant à la mort d'un vifage affermi ,
Que ne la portons-nous au fein de l'Ennemi ?
Ce n'eft point à mourir que la gloire convie ,
C'eft à rendre fa mort utile à fa Patrie.
Un aveugle courage eft-il une vertu ?
Qui ne fçait que mourir ne fçait qu'être vaincu.
Qu'aux Tentes des Anglais la fureur nous entraîne,
Allons enfanglanter leur victoire inhumaine :
De notre perte encor,forçons-les à gémir:
Si l'on ne peut les vaincre , il faut les affaiblir.
Sous leur nombre accablant fi la valeur fuccombe,
Elle peut entraîner fes vainqueurs dans fa tombe :
Expirons dans leur fang , & que notre Pays ,
En perdant fes vengeurs, compte moins d'ennemis.

ALIENOR.

Faisons plus. Vous voyez qu'illustrant ses ruines,
La France est maintenant féconde en Héroïnes ;
L'épouse d'Edouard & l'altiere Montfort
N'ont pas seules le droit de mépriser la mort.
Allons, il faut armer vos compagnes chéries,
Ou réservez le fer pour vos mains aguerries,
Tandis que les flambeaux qui vont brûler Calais,
Seront lancés par nous sur le Camp des Anglais.
Ah ! peut-être, en voyant l'ardeur qui nous anime,
Harcourt y mêlera sa fureur légitime,

(*A Mauni.*)

Et sçaura, vous privant d'un bras toujours vainqueur,
Vers la justice enfin ramener le bonheur.

(*Les Bourgeois veulent encore sortir.*)

SAINT-PIERRE.

Français, où courez-vous ? Quel transport vous égare ?
L'héroïsme en vos cœurs ne peut-être barbare.

(*A Aliénor & à Amblétuse.*)

Pardonnez ; votre avis est par moi combattu.
Un long âge m'apprit l'emploi de la vertu :
Sous des cheveux blanchis la valeur est tranquille,
Elle perd quelqu'éclat & devient plus utile.

(*Aux Bourgeois.*)

Vous voyez qu'Edouard nous rend à notre Roi ;
C'est le plus doux espoir qui flattât notre foi.
Comptables de nos jours au Monarque, à la France,
Irons-nous, dans l'ardeur d'une altiere imprudence,
Perdre un Peuple si cher, que l'on peut conserver,
Puisqu'enfin six mortels ont droit de le sauver ?
Je sens qu'avec justice ont craint l'ignominie
De livrer des Français à qui l'honneur nous lie ;
Mais pour fuir cette honte il est un choix permis ;
Je livre le premier... moi-même.

AURELE *vivement.*

Et votre fils.

SAINT-PIERRE.

Oui, tu dois partager la gloire de ton pere.

AURELE se jettant à ses pieds.

Grand Dieu! qu'en ce moment ma naissance m'est
  chere!   *AMBLETUSE.*

Patrie, ah! tombe aux pieds de ton libérateur.
Que dis-je! En la sauvant il lui perce le cœur.
O sacrifice affreux, plein d'horreur & de charmes!
En attendant mon sang, ami, reçois mes larmes.

   (*A Mauni.*)

Seigneur, je vois qu'ici les plus braves mortels,
Aux yeux de votre Roi sont les plus criminels;
Ce sont eux les premiers que sa haine menace;
Après ces deux Héros il a marqué ma place.

    MAUNI à part, les larmes aux yeux.

Dieu! que né suis-je né dans les murs de Calais!

   ALIENOR le surprenant, & avec vivacité.

Citoyens, jouissez des pleurs de cet Anglais...
Plus faite à vos vertus, en paix je les contemple;
Mais leur plus digne éloge est d'en suivre l'exemple.
Oui...   *SAINT-PIERRE très-vivement.*

   Madame, arrêtez: je conçois votre espoir.
De nos sexes ici distinguez le devoir.
Je puis, sans faire outrage à la gloire du vôtre,
Réclamer un honneur qui n'appartient qu'au nôtre.
Ceux qui, le fer en main, défendaient ce rempart,
Ont tous droit avant vous aux rigueurs d'Edouard.

   (*A Mauni, en lui rendant son épée.*)

De mes jours dévoués, Seigneur, voici le gage.
Ce glaive cinquante ans seconda mon courage;
Mais l'âge allait m'en faire un frivole ornement:
Pouvais-je le quitter dans un plus beau moment!

   (*A son fils, qui donnne aussi son épée.*)

La France attendait plus du tien, mon cher Aurele;
Mais tu vécus assez, puisque tu meurs pour elle.

   (*Amblétuse remet son épée à un Ecuyer de Mauni.*
     Tous les Chefs des Bourgeois mettent la main à
     leur épée, prêts à la donner.

Que vois-je, mes amis? A ce concours jaloux,
Il semble qu'au triomphe on vous appelle tous!
.Mais il ne m.............trois victimes,

Et le reſte du Peuple a des droits légitimes.
Venez, à votre gloire il faut qu'il ſoit admis.
Vos débats généreux au ſort ſeront remis.
En conſacrant trois noms, ſur tous il va répandre
L'eſpoir d'un ſi beau choix & l'honneur d'y prétendre.
  Ce choix fait, vers ſon Roi tout Calais ſe rendra,
Sans regretter ſes murs, qu'un jour il reverra.
Nous, aux mains d'Edouard remettant notre tête,
Nous irons lui livrer ſa nouvelle conquête. (à Aliénor.)
Adieu. Voyez mon Maître, & qu'il ſoit informé
Comment il fut ſervi, combien il eſt aimé.

           MAUNI à Aliénor.

Edouard en ces lieux vous preſcrit de l'attendre,
Madame; de vos ſoins leur grace peut dépendre.
J'ignore ſes deſſeins, mais…

           ALIENOR.
                    Que veut-il de moi?

  (A Saint-Pierre.)
Magnanime Héros, je te donne ma foi
De ne point conſentir à racheter ta vie,
Que par des actions que ta grande ame envie.

           SAINT-PIERRE.

Ah ! voilà la vertu qui ſied à votre cœur,
Bravez plus que la mort en bravant le malheur.

           Fin du ſecond Acte.

ACTE III.

SCENE PREMIERE.

EDOUARD, HARCOURT, CHEVALIERS
ANGLAIS, GARDES.

           EDOUARD.

Elle eſt ſoumiſe enfin cette ſuperbe Ville,
J'ai ployé ſous le joug ſon orgueil indocile,

Et je puis dans son sein rassembler désormais
Les foudres destinés aux rebelles Français.
Les rives d'Albion glorieuses, tranquilles,
Pour nos fiers ennemis ne seront plus fertiles.
Les Vaisseaux ravisseurs, dans ce Port recélés,
Ne s'élanceront plus vers nos champs désolés.
Qu'il m'est doux d'asservir cette illustre contrée !
De mes nouveaux Etats c'est la plus digne entrée.
C'est d'ici que César, triompant des Morins,
Etonna l'Océan sous l'Aigle des Romains,
Et joignit aux Gaulois, par le droit de la guerre,
Ces Bretons séparés du reste de la terre.
C'est dans le même Port que le Roi des Anglais
Réunit leur Empire à l'Empire Français.
Il n'est plus aujourd'hui de Mer qui les divise ;
Confondons pour jamais la Seine & la Tamise.
    (*A un Chevalier.*)
Vous, au Sénat de Londre annoncez mes exploits ;
Qu'il juge s'il préside au triomphe des Rois.
Sortez tous.
    (*Il retient Harcourt.*)

SCENE II.

EDOUARD, HARCOURT.

EDOUARD.

JE te dois cette heureuse conquête,
Prémices des lauriers que la gloire m'apprête.
Ton zele, de mon fils guidant la jeune ardeur,
Joint l'éclat des talens au feu de sa valeur.
Ecoute : Il faut qu'ici, dans l'essor de ma joie,
Mon amour pour la France à tes yeux se déploie.
    Tu sçais que sur son Trône abandonnant mes droits,
J'approuvai le décret qui couronna Valois.
L'Aquitaine dès-lors, mon antique héritage,
Envers ce nouveau Prince exigeait mon hommage.

Devoir honteux! dont rien ne pouvait m'affranchir.
J'en rougis; mais le tems me forçait de fléchir.
Je parus.... Mon rival, ivre de sa victoire,
M'éblouit, m'indigna, m'accabla de sa gloire.
L'éclat de son Empire, avec faste étalé,
Me montra tous les biens dont j'étais dépouillé.
Mes yeux voyant de près & son Peuple & son Trône,
De mes pertes confus, dévoraient sa Couronne;
Et quand mon vain devoir jura de le servir,
Je sentis que mon cœur fit vœu de la ravir.

O supplice éternel d'une ame ambitieuse!
Quel tableau!... Je sortais de mon Isle orageuse,
Climat toujours sanglant par la nécessité
Des querelles du Trône & de la liberté,
Où le Peuple rival & tyran de son Maître,
Veut qu'il le rende heureux, & refuse de l'être.
Dans leurs jaloux débats, le Prince & les Sujets
Divisent par honneur leurs communs intérêts.
Bientôt leur défiance est mere de la haine.
Le Chef, pour maintenir sa puissance incertaine,
Est contraint sur lui seul de rassembler ses soins,
Et du corps de l'Etat néglige les besoins.
N'ai-je pas vu moi-même un Sénat téméraire,
De son Trône avili précipiter mon pere;
Charger, couvrir d'affronts son Monarque enchaîné,
Pour recevoir des loix d'un enfant couronné?

Mais que voyais-je en France? Un Roi, Maître su-
prême,
En qui vous révérez la Divinité même:
Des Grands que son pouvoir a seul rendu puissans,
Du bras qui les soutient appuis reconnaissans:
Un Peuple doux, sensible.... une Famille immense,
A qui le seul amour dicte l'obéissance,
Qui laisse tous ses droits à son pere asservis,
Sûre qu'il veut toujours le bonheur de ses fils.

Valois trop fortuné! quel Roi, digne du Trône,
Ne demande au destin le Peuple qu'il te donne!
Rendre heureux qui nous aime est un si doux devoir!
Pour te faire adorer tu n'as qu'à le vouloir.

HARCOURT.

Seigneur, à cet excès la France vous eſt chere,
De ces Peuples aimés vous voulez être pere,
Et je vois ſur Calais votre extrême rigueur...

EDOUARD.

Quand il eſt dédaigné, l'amour devient fureur.
Eh ! pourrais-je inventer un ſupplice trop rude,
Pour punir tant d'affronts & tant d'ingratitude ?
Pendant plus d'une année arrêtant mes exploits,
Calais à ma pourſuite a dérobé Valois ;
J'ai perdu ſous ſes murs la fleur de mon Armée,
Et la ſaiſon de vaincre en projets conſumée.
Aujourd'hui ces vaincus refuſant ma bonté,
Haïſſent plus mes loix qu'ils n'aiment leur Cité ;
Et quand j'y vais régner ; abjurant leur Patrie,
Juſques à l'embraſer pouſſaient la barbarie.
J'allais à leur fureur les livrer ſans effroi...
Les dangers d'Aliénor m'ont alarmé pour toi,
Et ces ſix criminels borneront ma vengeance.
C'eſt en vain que pour eux tu preſſais ma clémence.

HARCOURT.

Eh quoi ! vous me flattiez qu'en généreux vainqueur...

EDOUARD.

Ce que je viens de voir met la rage en mon cœur.
Ce Peuple de mourans, ces déplorables reſtes
Des foudres de la guerre & des fléaux céleſtes ;
Conſervaient leur fierté dans des yeux preſqu'éteints.
Sous la pâleur encor leurs fronts étaient ſereins.
Leur joie a conſterné mon Armée immobile :
Ils ſemblaient triompher en fuyant de leur Ville.
Un ſeul tournait vers elle un regard déſolé ;
On lui nomme ſon Roi, je le vois conſolé.

SCENE

SCENE III.

EDOUARD, HARCOURT, MAUNI, SAINT-PIERRE, AURELE, AMBLETUSE, LES TROIS AUTRES BOURGEOIS, GARDES.

(*Les six Bourgeois ont des chaînes aux mains.*)

MAUNI.

Par votre ordre, Seigneur, j'amene vos victimes.

EDOUARD.

Perfides, qui, long-tems illustrés par vos crimes,
Outragiez le Vainqueur & le Roi des Français...

AURELE.

Vous, leur Roi !

SAINT-PIERRE *à son fils.*

Titre vain, sans l'aveu des Sujets.

(*A Edouard.*)

Aux pieds de mon Vainqueur j'apporte ici ma tête.

EDOUARD.

Crois qu'elle y va tomber : ton supplice s'apprête.
Sois sûr que l'Echaffaud où tu seras livré,
Du Trône qui m'attend est le premier degré.
Traître, c'est donc par toi, par ta perfide audace,
Que ma Victoire ici devient une disgrace !
Je veux gagner des cœurs ; & quel prix est le mien !
Une vaste Cité sans un seul Citoyen !
Des toits, de vains séjours qu'habite le silence,
Et d'un amas de murs la solitude immense.

SAINT-PIERRE.

Dans Londre, à vos vertus, tous les cœurs vont
    s'offrir :
Valois n'en laisse point en France à conquérir.
Le Peuple de Calais instruit votre prudence :
Dussent tous les Français s'exiler de la France,
Si vous prétendez voir nos Cités vous servir,
De nouveaux Citoyens il faudra les remplir.

E

EDOUARD.

Va, ton sang éteindra l'ardeur de ce faux zele,
Et bientôt la terreur glace un Peuple rebelle.
Mais.... qui sont ceux de vous dont le sort a fait choix !

SAINT-PIERRE *les montrant.*

D'Aire, les deux Wiffans, noms obscurs autrefois,
Maintenant immortels aux fastes de l'histoire,
Dans ma seule famille ont renfermé la gloire,
Dont tous nos Citoyens se montraient si jaloux.

EDOUARD, *avec une surprise mêlée d'admiration.*

Quoi ! c'est-là ta famille !

AMBLETUSE, *ou un autre Bourgeois.*

Oui, quel honneur pour nous !
Valois, sans vos rigueurs, n'aurait pu nous connaître ;
Et nous allons mourir pleurés par notre Maître.

AURELE *avec vivacité.*

Que n'avez-vous pu voir le triomphe inouï,
Dont par vous seul, Seigneur, nos regards ont joui !
Quand ce Peuple, quittant des demeures si cheres,
L'espoir de ses enfans, les tombeaux de ses peres,
Prêts à nous laisser seuls dans ces remparts déferts,
Apportait à nos pieds tant d'hommages divers.
O mêlange touchant de douleur, d'allégresse,
D'envie & de pitié, d'horreur & de tendresse !
Les femmes, les vieillards nous serraient dans leurs
                          bras ;
Leurs fils venaient baiser la trace de nos pas :
Nos visages, nos mains se trempaient dans leurs lar-
    mes.....
Ah ! Seigneur, la victoire eut pour vous moins de
    charmes.

EDOUARD.

Tout m'étonne & m'irrite... Ah ! c'est trop me braver.
De ma juste fureur rien ne les peut sauver.

HARCOURT.

J'en appelle à vous-même, & je prends leur défense.
Vous aviez à mon choix remis ma récompense,
Quand mes vœux modérés retranchant vos bienfaits,
Toujours à vos bontés laissaient quelques regrets ;

Eh bien ! n'ordonnez pas, hors des champs de la
    gloire,
Que le sang des Français souille encor ma victoire :
C'est-là l'unique prix que je veux obtenir,
En partant pour l'exil où mes jours vont finir.

EDOUARD.

Quel discours ! Un exil !

HARCOURT.

        Je ne puis vous le taire ;
Mes yeux sont dessillés par la mort de mon frere :
Ah ! mon zele pour vous m'a fait son assassin,
Je commandais au bras qui lui perçait le sein.
Doublement parricide, hélas ! ma barbarie
Frappe, depuis trois ans, le sein de ma Patrie ;
Les feux qui devoraient nos moissons, nos Cités,
Ont éclairé par-tout mes pas ensanglantés.
Envers vous & Valois pour n'être plus perfide,
Je retourne aux climats où le remords me guide,
Je vais, près du Jourdain, rejoindre ces Guerriers,
Dont un sang fraternel ne teint pas les lauriers,
Et le mien.....,..

EDOUARD.

      Quel transport de votre ame s'empare !
Dans quel oubli honteux la douleur vous égare !
Pleurez la mort d'un frere, & sur-tout ses erreurs ;
La Patrie, à mes yeux, coûtait aussi des pleurs :
Mais quoi ! c'est en son chef, en moi qu'elle réside ;
(Regardant les Bourgeois.)
Non, dans l'obscur ramas de ce Peuple perfide.

HARCOURT.

Seigneur.....

EDOUARD.

    Ecoutez-moi. Bien loin de consentir
A cet exil suspect..... que je dois prévenir ;
Si j'épargnais, pour vous, ce Maire & ses complices,
Je voudrais, par leur grace, enchaîner vos services.

SAINT-PIERRE vivement à Harcourt.

Ne la méritez pas. Votre noble remord,
S'il vous rend à mon Roi, paye assez votre mort.

EDOUARD *à Saint-Pierre.*

Sortez.

(A des Soldats.)

Dans la prison qu'on aille les conduire,
Qu'ils attendent l'Arrêt que je dois vous prescrire.

(Les Bourgeois sortent.)

(A d'autres Soldats.)

Appellez Aliénor... Non ; vous-même, Mauni,
Priez-la de vous suivre & de se rendre ici.

(Mauni sort.)

HARCOURT.

Quoi ! Seigneur, Aliénor....

EDOUARD.

Dans le trouble où vous êtes,
Vous répondriez mal à mes bontés secrettes :
J'attendais ce grand jour pour les faire éclater....
Vous serez bien ingrat, si vous m'osez quitter.
C'est la seule Aliénor qui peut, avec prudence,
Régler, dans vos destins, les destins de la France,
Et décider du sort de ces vils Citoyens,
Dont vous osez mêler les intérêts aux miens.

HARCOURT.

Vous espérez en vain....

EDOUARD. * (A Mauni.)

Je la vois. * Qu'on nous laisse.

(A Harcourt.)
Allez.

SCENE IV.

EDOUARD, ALIENOR.

EDOUARD.

Tant de vertus ornent votre jeunesse,
Que leur éclat célébre exige des tributs,
Jusqu'ici dans mon cœur à regret suspendus ;
Je viens vous les offrir. Ils sont dignes, Madame,
Et du profond génie, & de la grandeur d'ame

Dont j'ai même admiré les dangereux excès ;
Je dépose en vos mains les plus grands intérêts,
Les miens , ceux de l'Etat , d'un amant & d'un pere ;
Enfin les jours proscrits de ce coupable Maire.

(Ils s'asseyent.)

La victoire , fidele au plus juste parti ,
Va traîner à son char mon Peuple assujetti.
Déja laissant par-tout des traces de ma gloire ,
J'ai franchi la Dordonne , & la Seine & la Loire :
Avant que ma valeur triomphât dans Créci ,
J'ai porté mes drapeaux jusqu'aux champs de Neuilli :
Encore une bataille , & Paris me couronne.
Mais les premiers Français , qui m'appellant au Trône,
De mes droits reconnus sont les dignes appuis ,
Doivent de ma grandeur cueillir les premiers fruits.
Prenez ce titre auguste à ma reconnaissance :
Vous avez sur un pere une entiere puissance ;
Son exemple & le vôtre , en tous lieux révérés ,
Entraîneront les cœurs par ma gloire attirés.
Je mets à ce service un prix inestimable ,
J'éleve votre pere au rang de Connétable ;
D'Harcourt , que vous aimez , je fais un Souverain ;
Et , Vice-Roi de France , il reçoit votre main.
Londres , plus que Paris , exige ma présence ;
Vous ferez mon égale & Reine en mon absence ;
C'est au Trône , en un mot , que vous pouvez monter :
Mon estime vous l'offre , osez le mériter.

ALIENOR.

J'oserai plus, Seigneur... mais , sans que je l'annonce ,
Puisque vous m'estimez , vous sçavez ma réponse.

EDOUARD.

Croyez-moi , consultez un pere.....

ALIENOR.

       Moi , Seigneur !
Je ne l'outrage point... j'ai consulté mon cœur.

EDOUARD.

J'entends ce fier refus. Mais Vienne plus facile....

ALIENOR.

Ah ! n'en attendez point un refus si tranquille.

Mais ſi le poids de l'âge eût ébranlé ſa foi,
Je plurerais mon pere & ſervirais mon Roi.
Pour Harcourt, il m'eſt cher. Il dut ceſſer de l'être,
Dès le premier moment qu'il vous choiſit pour Maître :
Mais à vos dons nouveaux s'il vend ſon repentir,
L'amour ne daigne plus l'honorer d'un ſoupir.

EDOUARD,

Cet excès de hauteur a lieu de me ſurprendre.
Votre Maître au reſpect devait du moins s'attendre.

ALIENOR ſe levant,

Vous n'êtes point mon Maître, & vous ſçavez nos Loix;
Je reſpecte Edouard..... s'il reſpecte Valois.

EDOUARD ſe levant auſſi avec vivacité.

Quelles Loix, ou plutôt quel nom imaginaire
Oppoſez-vous aux droits que je tiens de ma mere ?
Eſt-ce à vous de citer, comme Loi de l'Etat,
Un abus condamné dans tout autre climat,
Dont l'équité gémit, dont la raiſon s'indigne,
Qui, pour tout votre ſexe, eſt un affront inſigne ;
Contraire aux douces mœurs de ce Peuple vanté,
Qui ſert également la gloire & la beauté ;
Qui, du rang de ſes Rois, bien loin de vous proſcrire,
Au-deſſus de leur Trône éleve votre Empire ?
Ah ! vous nous ſurpaſſez dans l'art de gouverner.
Ma mere eſt le Héros qui m'apprit à régner.
De vos trois dernier's Rois cette ſœur magnanime
M'a tranſmis, ſur le Lys, un titre légitime.
Qui peut d'un droit ſi ſaint me priver déſormais ?
Quel autre doit régner ſur la France ?

ALIENOR.

Un Français.

Lorſqu'en nommant un Roi, nos généreux ancêtres
Ont nommé dans ſes fils la race de nos Maîtres,
Quand des Soldats vainqueurs portaient ſur un Pavois
Le plus vaillant Soldat, pere de tous nos Rois,
D'un Peuple libre & fier, qui ſe donnait lui-même,
Tel fut le premier vœu, là Loi juſte & ſuprême :
Que ſon Sceprre, en tout tems, aux Français réſervé,
Jamais par d'autres mains ne pût être enlevé ;

Et si la même Loi, mais sans nous faire outrage,
De ce Trône à mon Sexe interdit l'héritage,
C'est de peur que l'hymen qui doit nous engager,
Ne couronne, en nos fils, le fils de l'Etranger.
Avant vous, cette Loi contre vous fut portée :
Ecrite au fond des cœurs dont la voix l'a dictée,
Elle s'est affermie à l'ombre des lauriers,
Par trois races de Rois & neuf siecles entiers.
Le Français, dans son Prince, aime à trouver un frere,
Qui, né fils de l'Etat, en devienne le pere.
L'Etat & le Monarque, à nos yeux confondus,
N'ont jamais divisé nos vœux & nos tributs.
De-là cet amour tendre & cette idolâtrie,
Qui dans le Souverain adore la Patrie :
Sublime passion d'un Peuple impétueux,
De l'Empire des Lys fondement vertueux ;
Et qui, le distinguant par les plus nobles marques,
Fait à cent Souverains envier nos Monarques.

EDOUARD.

Vous irritez l'ardeur dont je suis enflammé.
C'est moi qu'à cet excès j'aurais dû voir aimé,
Peuple ingrat !.... Mais il faut que ta haine fléchisse,
Ou que, juste à la fin, la mienne t'en punisse.
Choisissez à l'instant les dons de ma bonté,
Ou l'immuable arrêt de ma sévérité.
Du sang qui va couler, je vous rends responsable,
Si vous ne dépouillez cette fierté coupable,
Cette fausse vertu, ce préjugé des Loix,
Qui traite en Etranger le pur sang de vos Rois ;
Vous livrez à la mort ces Citoyens rebelles,
Dont vous pouviez sauver les têtes criminelles :
L'honneur de conquérir & votre pere & vous,
M'allait faire pour eux oublier mon courroux.

ALIENOR.

Je le vois à regret, Seigneur ; la renommée
Vous peint fidélement à l'Europe alarmée :
Autant vous déployez de grace & de douceur
Quand d'un Sujet utile il faut gagner le cœur,
Autant vous vous armez d'une haine terrible

Pour celui que vos dons trouvent incorruptible.
Mais je ne peux changer. Ces braves Citoyens,
Qui, mourant pour l'Etat, en font les vrais foutiens
Sçavent qu'à leur grand cœur mon ame porte envie;
Et ma gloire n'eft point la rançon de leur vie.
Plus qu'eux – même, il eft vrai, leur mort me fait
      frémir......
Je verrai leur courage : il pourra m'affermir.

EDOUARD.

Vous les immolez donc par votre orgueil barbare.
Gardes..... que, fans tarder, l'échaffaud fe prépare.

SCENE V.

EDOUARD, HARCOURT, ALIENOR.

ALIENOR *voyant Harcourt qui entre avec les
Gardes.*

AH ! de nos Citoyens viens défendre les jours;
Songe à quel titre ici tu leur dois tes fecours;
Toi feul les a perdus ; & s'ils meurent, j'expire.

HARCOURT *vivement à Edouard.*

A tant de cruauté pourrez-vous bien foufcrire ?
La valeur de ce Maire & fes rares vertus....

EDOUARD.

La valeur d'un rebelle eft un crime de plus!

HARCOURT.

Qu'entends-je ?

ALIENOR.

(*A Harcourt.*)   (*A Edouard.*)
     Ton arrêt. Jamais à fon courage
Je n'aurais pu tracer une leçon plus fage;
Mais pour ces malheureux j'oferai tout tenter,
Je fçais quel défenfeur je peux leur fufciter ;
Un cœur pour qui le vôtre eft peut-être fenfible ;
Que le bonheur encor ne rend pas inflexible....

               Que

Que dis-je ! Votre Armée où je porte mes pleurs,
Vous fera, malgré vous, abjurer vos fureurs :
Ses chefs ne voudront pas, que de votre injustice,
Le sanglant déshonneur sur leurs fronts réjaillisse ;
Que l'Univers accuse un Peuple de Héros
D'avilir sa victoire en servant vos bourreaux :
L'Anglais n'obéit plus, lorsque son Roi l'outrage.
  (*A Harcourt.*)
Toi, vers nos Citoyens que ta foi se dégage :
Sans tes honteux exploits, maîtres de leurs destins,
Je les verrai vainqueurs, & vainqueurs plus hu-
        mains :
Songe, si de la mort ton bras ne les délivre,
Que tu m'as fait serment... de ne leur point survivre.
                            (*Elle sort.*)

SCÈNE VI.

EDOUARD, HARCOURT.

EDOUARD.

Quoi ! je veux pardonner, on me force à punir :
Je vois, par mes bontés, tous les cœurs s'endurcir.
Sçavez-vous bien quel prix j'ai mis à ma clémence ?
Je voulais vous nommer Vice-Roi de la France,
Par l'hymen d'Aliénor combler votre bonheur :
Elle a refusé tout.

HARCOURT.

        Elle l'a dû, Seigneur.
Puis-je me plaindre, hélas ! de sa vertu sévère ?...
Si j'accepte vos dons, je vends le sang d'un frere.
Non, il n'est qu'un seul prix qui convienne à mon sort.
Sauvez ces malheureux pour qui mon frere est mort ;
Leur supplice est ma honte, & mon cœur le partage.
La mort de Régulus déshonora Carthage.
  (*Très-vivement.*)
Craignez qu'un même affront ne vous couvre aujour-
        d'hui.   F

Ceux que vous immolez font auſſi grands que lui :
Aux mêmes intérêts leur cœur ſe ſacrifie;
A la gloire, à l'amour, au bien de la Patrie.
Vous, ſur qui l'héroïſme eut des droits ſi ſacrés,
Vous n'êtes plus vous-même... ou vous les admirés.
Votre ame en les perdant, gémira la première.
Vous démentez le cours de votre vie entière.
De cet égarement n'oſez-vous revenir ?
Quel faux honneur encor ſemble vous retenir ?
Seigneur, à tout mortel l'erreur eſt excuſable;
Un Prince y peut tomber ſans devenir coupable;
Il l'eſt, ſi ſa fierté refuſe d'en ſortir.

EDOUARD.

Vous voulez me quitter & croyez me fléchir !
Vous penſez, pour autrui, déſarmer ma vengeance,
Quand vous vous apprêtez à trahir ma clémence !
Non, non. Avec plaiſir je perds ces malheureux,
Puiſque c'eſt vous, ingrat, que je punis ſur eux.

HARCOURT.

Ingrat !... Qu'ai-je reçu pour prix de mes ſervices ?
J'aſpire à vous ſauver d'horribles injuſtices ;
Ecoutez ma priere, & c'eſt vous acquitter.
Vos reproches cruels me forcent d'ajouter,
Qu'en défendant, Seigneur, ces illuſtres victimes,
Sur elles, près de vous, j'ai des droits légitimes.
Si je n'euſſe vaincu dans les champs de Créci,
Auriez-vous une grace à refuſer ici ?

EDOUARD.

C'en eſt trop. Réprimez cette audace importune.
Vous avais-je mandé, lorſque votre infortune
Vint, par mes prompts ſecours, relever ſes débris?
Vos ſervices dès-lors ſont des devoirs remplis.
Votre ſang appartient au véritable Maître,
Qu'un ſerment libre & ſaint vous force à reconnaître:
Je le ſuis.... & je ſçais contraindre au repentir
Ceux de qui l'inſolence en perd le ſouvenir.

(*Il ſort.*)

SCENE VII.

HARCOURT *seul*.

Quelle confusion, & quel reproche infâme !
Je ne vis plus.... la honte est le néant de l'ame.
Voilà le terme affreux du bonheur passager
Qu'un rebelle Sujet trouve chez l'Etranger.
Si-tôt qu'il peut déplaire, on dépouille sans crainte
Le faste intéressé d'une amitié contrainte ;
La faveur disparaît : les flétrissans mépris
Lui rejettent l'horreur qu'il fait à son Pays :
Et tirant de sa faute un cruel avantage,
On veut que, sans murmure, il dévore l'outrage.
On est juste..... Ah ! j'invite à marcher fur mes pas.
Ingrat, suis-je surpris de trouver des ingrats !
Tremblez faibles Sujets qui trahissez vos Maîtres ;
Un Roi punit toujours ceux qu'il a rendu traîtres.
Mais allons voir ce Maire & partageons son fort.
Qu'un si beau désespoir éternise ma mort :
Qu'on dise, en apprenant cet effort magnanime :
Il serait mort moins grand, s'il eût vécu sans crime.

Fin du troisieme Acte.

Plusieurs personnes ont exigé que l'on rétablit les deux premiers
Vers de ce Monologue, qui n'ont pas été bien entendus à la premiere représentation, & qui ont été changés ainsi aux représentations
suivantes :

Ah ! je respire à peine, & cette honte infâme
Dans un néant affreux semble plonger mon ame ;
Voilà le terme, hélas ! &c.

ACTE IV.

Le Théatre représente la Prison.

SCENE PREMIERE.

SAINT-PIERRE, AURELE, AMBLETUSE, LES TROIS AUTRES BOURGEOIS.

SAINT-PIERRE.

O Mon fils ! mes amis ! qui l'eût penſé jamais ,
Que nous habiterions ce ſéjour de forfaits ?
Ah ! ſans doute , avant nous, ces chaînes flétriſſantes
Ont courbé , ſous leurs poids , les vertus gémiſſantes :
Mais combien de mortels voudraient nous diſputer,
Nous ravir aujourd'hui l'honneur de les porter !
Que je te dois d'encens , Souverain de mon être !
Pour quels brillans deſtins ta bonté me fit naître !
Si dans l'obſcurité, tu plaças mon berceau ,
Les rayons de la gloire entourent mon tombeau.
Je vois ce noble éclat , étendu ſur la France,
Des ſiècles reculés franchir l'eſpace immenſe ;
Et Calais recevant , de vingt Peuples jaloux ,
Un hommage immortel qu'il ne devra qu'à nous.
   Jouiſſons , mes amis, de notre heure dernière ,
Et des fruits qu'elle laiſſe à la Patrie entiere :
Dans le ſein l'un de l'autre épanchons à loiſir
Ces délices du cœur, ces larmes de plaiſir,
Qu'après le beau ſuccès de leurs efforts ſuprêmes,
Répandent les vertus contentes d'elles-mêmes.

AURELE.

Ah ! que né d'un tel pere , un fils s'en applaudit !

Mon ame entre vos bras, s'enflamme & s'agrandit.
Voilà comme aux vertus, guidant mes pas dociles,
Vous fçaviez m'applanir leurs fentiers difficiles :
J'ai vu leur front févere avec vous s'embellir :
Vous prêtiez au devoir les charmes du plaifir.

Dieu, qui place ma mort fi près de ma naiffance,
Vous donne de vos foins la digne récompenfe.
Que me defiriez-vous après les plus longs jours?
Qu'une fin glorieufe en terminât le cours:
Plus que le Champ de Mars votre échaffaud m'illuftre;
Oui, fon opprobre, amis, nous donne un plus beau
  luftre.
Aux victimes d'Etat qui livrent leur grand cœur,
Ce Théatre de honte eft l'Autel de l'honneur.

SAINT-PIERRE *lui montrant les Bourgeois*

Ah ! j'y crois voir leur fang, le tien qui fe confon-
  dent;
A tes derniers fanglots mes entrailles répondent.

(*A Amblétufe, montrant fon fils.*)

Avais-je, en l'élevant dans l'efpoir le plus beau,
Formé tant de vertus pour le fer d'un bourreau ?

(*Se reprenant avec chaleur.*)

Vous qui me connoiffez, pardonnez ce murmure :
On pleure fa victoire en domptant la nature.
Jamais un cœur Français ne la peut étouffer.
Mais.... il en eft plus grand d'ofer en triompher:
Dans ces combats affreux tout fon fang fe fouleve;
Il marche au facrifice, il frémit.... & l'acheve.

S C E N E I I.

MAUNI, LES SIX BOURGEOIS.

MAUNI, *à Saint-Pierre en lui prenant la main.*

JE viens, digne Français, t'apporter des tributs
Que le plus jufte orgueil n'aurait pas attendus.
Nos Chevaliers Anglais, jaloux de ton courage,

Me députent vers toi pour t'offrir leur hommage :
S'ils n'offensaient leur Prince, au fond de ces cabes
Tu verrais à tes pieds cette Cour de Héros.
Mais libre en t'admirant, comme en jugeant son
　　Maître,
Londre va desirer de t'avoir donné l'être.
　　(*Aux six Bourgeois.*)
Votre amour pour vos Loix & pour votre Pays.
D'un Peuple juste & fier enchante les esprits.
L'Anglais est Citoyen ; & sa raison suprême
Veut qu'une Nation se chérisse elle-même.
Le lien fraternel qui joint tous les humains,
Se serre en chaque état par d'autres nœuds plus sains.
Je sçais que mis au jour, nourri par l'Angleterre,
Je lui tiens de plus près qu'au reste de la terre.
Je vois les mêmes nœuds de la France à ses fils.
Je hais ces cœurs glacés & morts pour leur Pays,
Qui, voyant ses malheurs dans une paix profonde,
S'honorent du grand nom de Citoyen du monde ;
Feignant dans tout climat, d'aimer l'humanité,
Pour ne la point servir dans leur propre Cité :
Fils ingrats, vils fardeaux du sein qui les fit naître,
Et dignes du néant, par oubli de leur être.

SAINT-PIERRE.

Nous l'avouerons sans fard ; mourant pour les Fran-
　　çais,
Nous espérons laisser des noms chers aux Anglais :
Plus rivaux qu'ennemis d'un Peuple magnanime,
Notre plus beau laurier, Seigneur, est son estime.

MAUNI.

Cette estime n'est pas une titre infructueux :
Sçachez quels sont pour vous nos efforts vertueux.
L'Epouse d'Edouard, l'intrépide Isabelle,
Qui vient de triompher de l'Ecossais rebelle,
Et qui, nous ramenant ses bataillons vainqueurs,
Peut-être en ce grand jour acheva vos malheurs,
A la voix d'Aliénor, a pris votre défense,
Et d'un Epoux qu'il aime, implore la clémence.
Vous avez vu leur fils, qui, dès ses premiers jours ,

éclipse Edouard même au plus haut de son cours :
Héros dans le combat, homme après la victoire,
Les Vaincus consolés lui pardonner sa gloire:
Son pere, qui lui doit les palmes de Créci,
Sans doute par ses soins va se voir adouci :
La nature & l'amour, pour vous d'intelligence,
Vont éteindre en son cœur cette soif de vengeance.

AURELE *avec transport.*

Mon pere.... Ah ! vous vivrez.

MAUNI.

Après son noble effort,
Vivant il jouira de l'honneur de sa mort.
Mais je vois Aliénor & ses vives alarmes...

SCENE III.

ALIENOR, MAUNI, LES SIX BOURGEOIS.

ALIENOR.

ILlustres malheureux, pardonnez à mes larmes
On daigne, on me forçant de partir de ces lieux,
Laisser quelques momens... à mes derniers adieux.
Dans la cour du Palais, au-dessus de vos têtes,
J'ai trouvé l'échaffaud, les haches toutes prêtes.
Harcourt pâle, tremblant & les yeux égarés,
A détourné de moi ses pas désespérés :
Sa voix & ses sanglots expiraient dans sa bouche;
Ce seul mot a rompu son silence farouche:
Ils vont mourir.... Il fuit en m'arrachant le cœur.

MAUNI.

Quoi ! Rien n'a désarmé le courroux du vainqueur,
Ni les pleurs de son fils, ni les pleurs de la Reine ?

ALIENOR.

Eh ! que peut la pitié sur cette ame inhumaine ?
N'a-t-il pas vu vingt fois d'un œil tranquille & fier,
Tomber des légions sous la flamme & le fer ;
Des débris & des morts couvrir les Mers sanglantes ;
Enfin des Nations pour lui seul expirantes ?

Son orgueil s'accoutume à compter les mortels
Comme vils troupeaux nourris pour ses Autels,
Vous-mêmes, ses amis, aux dépens de vos têtes,
Il vous croit trop heureux d'acheter ses conquêtes:
Des pleurs, hélas! des pleurs peuvent-ils amollir
Un cœur, qui dans le sang apprit à s'endurcir?

MAUNI.

Ah! tant de résistance irrite mon audace.
Dût mon zele rigide assurer ma disgrace,
Faisons parler enfin la dure vérité ;
D'un homme & d'un Anglais montrons la liberté.

SAINT-PIERRE.

Généreux ennemi, qu'allez-vous entreprendre ?
Ah! daignez écouter....

MAUNI.

　　　　　　Je ne puis rien entendre:
Le danger, quel qu'il soit, est moins pressant pour vous
Il vous couvre de gloire, & la honte est pour nous.

(Il sort.)

SCENE IV.

ALIENOR, LES SIX BOURGEOIS.

ALIENOR.

AH! du cœur d'Edouard c'est en vain qu'il espere,
Il est inexorable, & tout craint sa colere ;
Tel est son ascendant sur l'esprit des Soldats,
Qu'il réduit l'Anglais même à murmurer tout bas:
On blâme sa fureur, mais elle est obéie.
Mes cris, mon désespoir, mes refus l'ont aigrie,
Hélas! votre salut en mes mains fut remis:
Mais je rougirais trop de vous dire à quel prix...

SAINT-PIERRE.

Vous avez fait le choix qu'on nous aurait vu faire,
N'en parlons plus. Quel est le sort de votre pere ?

ALIENOR.

Lui seul, pour vous encor me peut faire entrevoir

La

La tremblante lueur d'un faible & doux espoir.
Edouard consommant ses affreux sacrifices,
Voulait que ce Héros partageât vos supplices...
Ah! cessez d'en frémir. Attendri par mes pleurs,
Son fils a prévenu ce comble des horreurs;
Par ses soins près du Roi mon pere va se rendre,
Et pour vous délivrer il veut tout entreprendre.
Vous connaissez Valois, & le tendre retour
Dont son cœur paternel a payé notre amour.
Oui, dût-il pour vous seuls céder une Province,
Des Sujets tels que vous valent le plus grand Prince.
Il va mettre à vos jours le même prix qu'aux siens,
Et la rançon des Rois est due à leurs soutiens.

SAINT-PIERRE.

Inspire mieux mon Maître, ô Puissance céleste!
Et défends sa bonté d'un conseil si funeste.
Partez, opposez-vous à ce dangereux soin;
Qu'on permette ma mort, l'Etat en a besoin.
Vous voyez cette guerre en disgrâce féconde,
De nos débris fameux couvrir la Terre & l'Onde.
Chez les Français, toujours l'excès du sentiment
Augmente le bonheur, rend le malheur plus grand.
Peu faits aux longs revers, las de voir leur courage
Servir à leur défaite & hâter leur naufrage,
Dans un dépit amer, hélas! ils ont pensé
Que le siecle est déchu, que leur regne est passé.
Mais qu'il s'éleve enfin dans cette erreur commune
Une ame inébranlable aux coups de l'infortune;
Digne de nos ayeux & de ces tems si chers
Où les Lys florissans ombrageaient l'Univers,
Et vous verrez soudain par-tout ce Peuple avide,
Saisir, suivre, égaler son audace intrépide;
Devenus ses rivaux, de ses admirateurs
Son noble enthousiasme embrasera les cœurs;
Indignés d'avoir pu désespérer d'eux-même,
Ils forceront le sort par leur constance extrême,
Et peut-être à l'Etat rendront un plus beau jour,
Que ces jours qu'il croyait regretter sans retour.
Voilà de notre mort les fruits inséparables.

G

Notre fang va par-tout enfanter nos femblables.
AMBLETUSE.
Bien plus. Si du deftin les nouvelles rigueurs
Chez nos neveux un jour ramenaient nos malheurs,
Du Héros de Calais l'impérieux exemple,
Que la gloire à leurs yeux offrira dans fon Temple,
Jufques au fond des cœurs, attendris & confus,
Ira chercher l'honneur, éveiller les vertus ;
Et dans les Citoyens du rang même où nous fommes,
Déployer le génie & l'ame des grands hommes.
C'eft ainfi qu'un mortel furpaffant fes fouhaits,
Par une belle mort fe furvit à jamais,
Et qu'après un long cours de fiecles & d'années,
De fa Patrie encore on fait les deftinées.
ALIENOR.
O courage ! ô vertu ! dont l'héroïque ardeur,
Etonnant la raifon s'empare de mon cœur !
Ils font prefqu'approuver à mon ame ravie,
Et defirer pour eux ce trépas que j'envie.
Valois leur devra tout... & fouvent en effet
Le fort des Souverains dépend d'un feul Sujet.
Harcourt trahit fon Prince, & d'Artois l'abandonne,
Un Maire de Calais raffermit fa Couronne !
Quelle leçon pour vous, fuperbes Potentats !
Veillez fur vos Sujets dans le rang le plus bas.
Tel qui fous l'oppreffeur, loin de vos yeux expire,
Peut-être quelque jour eût fauvé votre Empire.

Malheureux, fiez-vous aux fureurs d'Edouard ;
Les offres de Valois arriveront trop tard.

SCENE V.

ALIENOR, LES SIX BOURGEOIS, UN
OFFICIER ANGLAIS, GARDES.

L'OFFICIER.

Madame, éloignez-vous. Toujours plus impla-
cable,
Edouard a signé cet Arrêt exécrable.
Si vous ne vous hâtez de fuir ces tristes lieux,
On va sur l'échaffaud les conduire à vos yeux.

ALIENOR *à sa Suivante.*

Fuyons.... Soutenez-moi. La force m'abandonne.
L'appareil de leur mort me suit & m'environne.
  (*A Saint-Pierre.*)
Mon pere, pardonnez, je tombe dans vos bras ;
Recevez ce doux nom que je vous dois. Hélas !
Vous m'avez inspiré la vertu...

SAINT-PIERRE.

Le courage.

ALIENOR.

Ah ! ce fatal moment n'en permet point l'usage.
Pleurer ceux qu'on admire, est-ce les offenser ?...
Que n'ai-je sur Harcourt de tels pleurs à verser ?
Quoi ! le fer va frapper le fils auprès du pere,
Sur les corps expirans de leur famille entiere !
L'horreur glace mes sens & m'étouffe la voix.

SAINT-PIERRE *un peu attendri.*

Adieu, Madame.

ALIENOR.

Adieu, pour la derniere fois.
  (*Elle sort.*)

SCENE VI.

SAINT - PIERRE , LES SIX BOURGEOIS,
L'OFFICIER , GARDES.

SAINT-PIERRE.

Faut-il vous suivre !

L'OFFICIER.

Hélas ! j'attends l'ordre terrible,

SAINT-PIERRE.

Anglais , vous pleurez tous ?

L'OFFICIER.

Ton courage invincible
Semble épuiser le mien... Quel surcroît de douleurs ,
Quand la vertu sourit à ses bourreaux en pleurs !

SAINT-PIERRE *embrassant les Bourgeois.*

On vient. Embrassons-nous.... Je marche à votre tête ;
Martyrs de la Patrie , allons , la palme est prête.

(Il va pour sortir.)

Mais.... que nous veut Harcourt !

SCENE VII.

SAINT - PIERRE , AURELE , LES SIX
BOURGEOIS, HARCOURT, L'OFFICIER,
GARDES.

HARCOURT *à l'Officier & aux Gardes.*

Sortez , braves Guerriers,
J'ai des ordres secrets pour voir ces prisonniers.

(L'Officier & les Gardes sortent.)

(Aux Bourgeois.)

Français... Ah ! de ce nom ne pourrai-je être digne !

(A Saint-Pierre feul.)

Je vois qu'à mon afpect votre vertu s'indigne :
Oui, j'ai perdu mon frere, & vous, & mon Pays ;
Cette main fume encor du fang de votre fils :
Mais je viens adoucir le fort qui vous menace;
De ce jeune Guerrier j'apporte ici la grace.

SAINT-PIERRE *avec joie.*

Ciel !

HARCOURT.

Il feroit affreux que du commun malheur
Une feule Famille épuifât la rigueur...

SAINT-PIERRE.

Quoi !... quelqu'autre pour lui s'offre-t-il au fupplice ?

HARCOURT.

(Vivement, comme une chofe qui lui échappe.)

Sans doute ; un autre y court avec plus de juftice.

(A Aurele, en fe reprenant.)

Partez, l'échange eft fait, marchez au Camp Fran-
çais ;
Il n'eft pas loin du nôtre, & vos guides font prêts.
Allez, & renonçant à des vertus ftériles,
Plus que votre trépas rendez vos jours utiles,
Vous pourrez dans une heure affurer à mon Roi
Qu'Harcourt ne mourra pas fans lui prouver fa foi.

AURELE.

Mon pere.... Non, Seigneur. Qui ? moi ? que j'abandonne....

HARCOURT.

C'eft au nom d'Edouard qu'ici je vous l'ordonne.
Partez.

AURELE *avec fureur.*

Quel eft celui dont l'injufte vertu,
S'offrant peur me fauver...

SAINT-PIERRE.

Eh ! le méconnais-tu ?...
C'eft Harcourt.

HARCOURT *troublé.*

Moi !

SAINT-PIERRE.

   Vous-même. Oui, je lis dans votre ame,
J'y furprends un projet que j'admire & je blâme.
Vous juriez ce matin de nous fuivre au trépas ;
Vous trompez Edouard, vous ne m'abufez bas.

HARCOURT.

Eh bien, s'il était vrai, ce projet équitable,
Qui, fauvant l'innocent, dévouerait le coupable !....

AURELE.

Quoi ! je confentirais !...

SAINT-PIERRE.

   Vous oferiez penfer !

HARCOURT *impétueufement.*

Il doit y confentir, vous l'y devez forcer.
Je conçois vos refus, j'entreprends de les vaincre.
C'eft peu de vous toucher, j'afpire à vous convaincre.
Le tems preffe. Ecoutez. Ce n'eft point vous, hélas !
Intrépide vieillard, que j'arrache au trépas :
L'honneur peut murmurer que ce grand facrifice
Soit votre digne ouvrage, & fans vous s'accompliffe ;
Je le fçais. Mais ce fils, qu'au milieu des tourmens
Un zele aveugle immole à la fleur de fes ans ;
Lui que dans votre cœur réclame la nature ;
Lui, ce Héros naiffant, dont la grandeur future,
Aux vœux de nos Guerriers s'annonce avec éclat,
Vous devez fes vertus aux befoins de l'Etat.
Choififfez entre nous comme choifit la France.
Croyez-vous qu'un moment fa juftice balance ?
Qu'elle fouffre qu'un fang fi cher à fon amour,
Par mes crimes deux fois foit verfé dans un jour ?
Mourant fans votre fils votre gloire eft la même ;
Et fi vous m'admettez à cet honneur fuprême,
Quels que foient mes forfaits, je les répare tous ;
C'eft un laurier de plus pour la France & pour vous.
Songez fur-tout, fongez qu'à ce jeune courage,
Des fruits de votre mort vous devez l'héritage.
Avec combien d'ardeur on verra nos Français
Suivre aux combats le fils du Héros de Calais !
Pour fes heureux talens quelle vafte carriere !

Ah ! voyez-le venger sa famille & son pere ;
Voyez-le s'ennoblir au milieu des lauriers ,
Monter sur votre tombe au rang des Chevaliers ,
Et fonder de Héros une race nouvelle ,
Digne dans tous les tems d'une source si belle ,
Se vouant d'âge en âge à la gloire des lys ,
Et que vous immoliez dans ce vertueux fils....
Eh bien ! ce tendre espoir vous arrache des larmes...
(Avec transport à Aurele , en lui présentant son épée.)
Pars , accepte ce fer , rend l'honneur à mes armes.

AURELE.

Moi ! tromper Edoüard , fuir & me parjurer ,
De mon pere expirant oser me séparer !
Moi qui m'étais flatté qu'une pitié soudaine ,
Voyant tomber ma tête , épargnerait la sienne !

HARCOURT.

Tu redoubles ses maux en y joignant les tiens.

AURELE.

Je soulage mes maux en partageant les siens.

HARCOURT.

L'espoir de le venger...

AURELE.

L'horreur de lui survivre...

HARCOURT.

Te défend de mourir.

AURELE.

Me contraint de le suivre.

HARCOURT.

Malheureux ! mais nos jours sont le bien de l'Etat.

AURELE.

Vivez donc en Héros , moi je meurs en Soldat.
Les besoins de l'Etat demandent un grand homme.
La France vous regarde , & la gloire vous nomme.

SAINT-PIERRE.   (A Harcourt.)

Mon fils , mon digne fils... Calmez ces vains transports ;
L'aveugle désespoir égare vos rémords ,
Seigneur. Eh ! se peut-il que votre ame séduite ,
Pense qu'envers mon Roi votre mort vous acquitte ?
Vous , devenu coupable envers l'Etat & lui ,

Pour les avoir privés de leur plus ferme appui ;
Vous vous perdez encore , inutile victime.
Ah ! loin de réparer , c'est consommer le crime.
Allez sauver la France , & d'une heureuse main
Retirer tous les traits dont vous perciez son sein.
Que je rende , en mourant , à cette auguste mere
Le plus grand de ses fils... & le plus nécessaire.
De nos jeunes Français l'imprudente chaleur
Des vertus du Guerrier n'a plus que la valeur.
Vous seul , creusant encor l'art profond de la guerre ,
Vous réglez d'un coup d'œil les destins de la terre.
Par une longue étude & d'assidus travaux
Vos talens ont surpris les secrets des Héros :
Ramenez dans nos Camps cette noble science ;
L'ame du vrai courage & l'œil de la prudence ;
Cet art qu'apprit de vous notre injuste vainqueur.
Allez , que mon Pays vous doive son bonheur.
Je vous mets dans les bras de la France affligée ;
Expirez digne d'elle après l'avoir vengée.

HARCOURT.

Ah ! peut-elle jamais me confier son sort ?

SCENE VIII.

Les Acteurs précédens, L'OFFICIER, GARDES.

L'OFFICIER *à Harcourt*.

Seigneur, l'ordre est venu... je les mene à la mort.

HARCOURT *à Saint-Pierre & à son fils*.

Vous triomphez , cruels ! votre affreuse constance
Me ravit sans retour ma derniere espérance...
Mais avant votre mort venez voir mon trépas.

(*Il sort furieux.*)

SAINT-PIERRE.

(*A son fils.*)

Vivez pour votre Roi. Viens mourir dans mes bras.

Fin du quatrieme Acte.

ACTE

ACTE V.

SCENE PREMIERE.

EDOUARD; MAUNI.

EDOUARD.

J'Ai pesé vos raisons, j'en conçois l'importance ;
Souvent la politique invite à la clémence.
J'excuse dans Harcourt une aveugle chaleur ;
Premier emportement de l'extrême douleur.
Sans vous, par son orgueil, ma colere allumée,
L'eût dépouillé du rang de Chef de mon Armée:
Le Peuple de Calais, dans mon Camp retenu,
Peut-être par mes soins va m'être ici rendu.
Je ne puis trop tenter pour fléchir sa constance ;
Et je sens qu'il y va du Trône de la France.
Ces superbes vaincus, échappés à mes loix,
Iraient par-tout apprendre à rejetter mes droits.
Sur ce Maire employons mon industrie ;
Je connais le vulgaire, il chérit peu sa vie,
Lorsqu'en un sort obscur il la voit consumer ;
Mais s'il peut être Grand, il commence à l'aimer.
Je sçais ses préjugés & l'art de les détruire ;
Tel brave les tourmens qu'un bienfait peut séduire ;
Et les Rois ont toûjours un charme impérieux
Sur ces derniers humains nés & nourris loin d'eux.
Ce Maire a vu de près l'appareil du supplice ;
Qu'il vienne en ce moment.

MAUNI.

Je doute qu'il fléchisse.
O mon Roi ! si son cœur résiste à vos efforts,
Vous êtes grand, mais fier ; redoutez vos transports.
(*Il sort.*)

H.

SCENE II.

EDOUARD, SAINT-PIERRE.

EDOUARD *affis.*

Viens, superbe ennemi, qui prends pour l'héroïfme
Le courage infenfé d'un ardent fanatifme.
Un Monarque indulgent, qui chérit les vertus,
Daigne dans tes pareils en refpecter l'abus.
Ma bonté, qu'indigna ton audace obftinée,
Veut à ton choix enfin laiffer ta deftinée;
Et plaignant une erreur que tu peux abjurer,
Au lieu de te punir confent de t'éclairer.
Ouvre les yeux. J'ai fait recueillir dans mes Tentes,
De tes Concitoyens les troupes défaillantes,
Victimes de la faim & d'un farouche orgueil,
Ils tombaient, les chemins devenaient leur cercueil
Pour aller jufqu'au Roi que leur cœur me préfere,
Il faut que ma bonté foutienne leur mifere.
Déja ces malheureux, par mes ordres nourris,
D'un bienfait imprévu paraiffent attendris:
Tu pourrais, achevant leur conquête facile,
Les ramener d'un mot dans le fein de leur Ville.
Tes jours font à ce prix. Ton grand cœur plaît au mien,
Et mon fils fe promet d'être l'ami du tien.
Cede au tems, au vainqueur, que feul tu dois con-
    naître,
Laiffe au fort des traités à fixer ton vrai Maître;
Voilà tous les devoirs où tu dois t'arrêter.
Crois-tu que ton fupplice engage à t'imiter?
Quels Grands fur l'échafaud te prendront pour modele?
Va, les feuls Rois heureux ont une Cour fidele;
Et fi je regne enfin, tu n'es dans l'avenir
Qu'un criminel obfcur que la loi fit punir.

SAINT-PIERRE.

Seigneur, j'ai defiré, pour prix de mon courage,

Le bien de mon Pays, sa gloire & son suffrage.
Si la France succombe enfin sous vos exploits,
Il m'est doux que mon nom périsse avec ses loix.
Vos armes cependant sont loin de les détruire;
Je le vois par les soins qu'on prend de me séduire.
Oui, sur ma Nation, sur son génie ardent,
D'un éclat de vertu vous craignez l'ascendant;
Mais le coup est porté. Si jamais ma faiblesse,
De mes premiers efforts démentait la noblesse,
Les sentiers de l'honneur que mes pas ont tracé,
Par mon lâche retour ne peut être effacé.
Vos bontés sur les cœurs obtiennent quelqu'empire,
Mais le Français combat l'ennemi qu'il admire.
Leur valeur va s'accroître encor par vos bienfaits,
Ils voudront en vainqueurs... les rendre à vos Sujets.

EDOUARD.
Mais comptes-tu pour rien la faveur légitime?...

SAINT-PIERRE.
J'aurais votre faveur & perdrais votre estime:
Vous méprisiez d'Artois en le comblant d'honneurs,
Vous allez m'envier chargé de vos rigueurs.
Eh! comptez-vous pour rien la foi pure & sacrée
Qu'à Valois... votre bouche & la mienne ont jurée?
Mon cœur la gardera jusqu'au dernier soupir:
Je n'ai pas comme vous le droit de la trahir.
Dieu! que la politique avilit la Couronne!
Que la probité simple honorerait le Trône!
Valois de ses sermens ne sçait point s'affranchir;
Trompé par ses rivaux, est-ce à lui d'en rougir?
Eh! comment à mon Roi deviendrais-je infidele,
Quand j'ai devant les yeux sa vertu pour modele?

EDOUARD se levant.
Eh bien, cours au trépas que tu sembles chercher.
Ton insolent orgueil te pourra coûter cher.
A la rebellion tu joins encor l'outrage!
Mais je ferai pâlir ton superbe courage.
Que le coupable sang de ton fils expiré
Repaisse, avant ta mort, ton œil dénaturé.
Toi seul es son bourreau; ses derniers cris, peut-être,

Dans le fond de ton cœur me vengeront d'un traître,
SAINT-PIERRE tremblant.

O mon fils ! quel moment pour ce cœur paternel !...
(Reprenant sa fermeté.)

Mais... tu souffrirais plus à me voir criminel.
EDOUARD.

Inhumain !
SAINT-PIERRE.

       C'est trop perdre & menace & promesse ;
J'ai honte que pour moi tant de fierté s'abaisse.
Je crois voir sur nous deux les yeux de l'Univers,
Les yeux de l'avenir de toutes parts ouverts.
On regarde Edouard conseillant l'infamie,
Pour corrompre un Sujet épuisant son génie.
Quel mortel de mon sort ne serait pas jaloux !
Vous me forcez, Seigneur.... d'être plus grand que
       vous.
EDOUARD.
(Mauni entre avec les Gardes.)

Gardes... Qu'avec les siens on le traîne au supplice.
(Les Gardes emmenent Saint-Pierre.)

SCENE III.

EDOUARD, ALIENOR, MAUNI, UN
HERAULT D'ARMES, GARDES.

ALIENOR à Mauni, voyant qu'on emmene Saint-
Pierre.

AH ! Mauni, suspendez ce fatal sacrifice.
  (A Edouard.)   (Mauni sort.)
Par votre ordre, Seigneur, je quittais ces remparts :
Ce Hérault de Valois a frappé mes regards ;
Et sa voix m'annonçant les plus heureux présages,
Je reviens avec lui racheter nos ôtages.
Nous ignorons du Roi le généreux dessein ;
Lui-même en cet écrit l'a tracé de sa main ;

Mais on sçait seulement qu'une offre inespérée,
De ses Sujets proscrits rend la grace assurée.

EDOUARD *lisant la lettre.*

» Toi, qui t'osant nommer le vrai Roi des Français,
» Dans les flots de leur sang fais chanceler leur Trône,
» Si tu veux épargner les Héros de Calais,
» Je t'offre les moyens d'acquérir ma Couronne.
» Viens seul, avec moi seul, par un noble combat,
» Finir tous les malheurs de nos Sujets fideles;
» Notre intérêt n'est point l'intérêt de l'Etat;
» En dignes Chevaliers terminons nos querelles.

(*Avec transport.*)   (*A ses Gardes.*)

Tous mes vœux sont remplis. Qu'on brise l'échafaud;
Que de riches présens on charge ce Hérault.
Rendez lui ces captifs, qu'à Valois j'abandonne;
Valois... mérite enfin de disputer mon Trône.

(*Au Hérault.*)

Va, qu'il choisisse l'heure & fasse ouvrir le champ;
Cours, je me rends moi-même aux bornes de son
    Camp.

ALIENOR *au Hérault.*

Arrête. Il faut apprendre aux Français qui l'ignorent,
Cet excès de vertu du Maître qu'ils adorent.
Peuple, ton Souverain veut s'exposer pour toi,
Et l'on te blâme encor d'idolâtrer ton Roi !

(*A Edouard.*)

Non, Seigneur, ce cartel qu'en frémissant j'admire,
Non, il n'aura jamais l'aveu de notre Empire.
Mais... Melun dans ces lieux.

SCENE IV.

EDOUARD, ALIENOR, MELUN, MAUNI, LE HERAULT D'ARMES, GARDES.

ALIENOR.

AH! Comte, sçavez-vous
Pour quel dessein le Roi vient de nous tromper tous?

MELUN.

J'ai furpris, dévoilé, publié ce myftere,
Et j'accours, fur le cri de notre Armée entiere,
Défavouer du Roi l'imprudente valeur,
Et rompre ce combat, vain projet d'un grand cœur,
Oui, Prince, c'eft en vain qu'il ouvre la carriere,
Tous nos cœurs à Valois ferviront de barriere.
    Non pas que le fuccès alarme nos efprits;
Mais pour mon Roi vainqueur voyons-nous quelque
        prix ?
Quand il vient hazarder le Sceptre de la France,
Celui de l'Angleterre eft-il dans la balance ?
Avez-vous confulté votre Sénat jaloux ?
Ce combat inégal n'a de prix que pour vous.
Je fçais que pour Valois, le meilleur de nos Princes,
Notre fang épargné vaut toutes vos Provinces :
Mais, Seigneur, le répandre eft notre premier bien,
Puifqu'il en eft avare & prodigue du fien.
D'ailleurs, Maître de tout, l'eft-il de fa perfonne ?
Peut-il à d'autres Rois transporter fa Couronne ?
Aux mains d'un Etranger l'expofer aujourd'hui ?
La loi qui fait le Prince eft au-deffus de lui.
Quand vous immoleriez Philippe & fes fils même,
Vainement votre front attend fon Diadême.
Tout le fang des Capets coulât-il par vos coups,
Les derniers des Français ont des droits avant vous.
Je parle au nom des Grands, du Peuple & de l'Armée.
Mes devoirs font remplis.
        (*Il fort avec le Hérault d'Armes.*)

SCENE V.

EDOUARD, ALIENOR, MAUNI, GARDES.

EDOUARD *furieux.*

O Colere enflammée !.....
L'accord de deux rivaux n'eft donc qu'un vain bon-
        heur !....

Ingrate Nation qu'a chéri mon erreur,
Je vais justifier l'horreur que je t'inspire ;
Qui ne peut te soumettre osera te détruire.
Si je ne puis régner dans les murs de Paris,
Tremble, je régnerai sur leurs sanglans débris.
C'est ici le dépôt de vengeance & de haine,
D'où j'enverrai la mort aux rives de la Seine ;
Je ferai de la France un plus affreux désert
Que celui qu'à mes yeux ces remparts ont offert :
On verra sous les coups d'un vainqueur & d'un Maître,
Dans la flamme & le sang vos Cités disparaître :
Que de la Loire au Rhin, des Alpes aux deux Mers,
Des nuages de cendre obscurcissent les airs :
Qu'immolés à l'instant, ce Maire & ses complices,
D'un courroux immortel consacrent les prémices.
(*Il tombe dans un fauteuil tout hors de lui.*)

MAUNI.

Seigneur.... ### EDOUARD.
Allez, vous dis-je.

ALIENOR.

O transports pleins d'horreurs !
Altiere ambition, voilà donc tes fureurs !
Tu fais de l'homme un tigre ; & ta rage effrenée....

EDOUARD *s'appercevant que Mauni ne part point.*
Avez-vous entendu la loi que j'ai donnée ?
Qu'on les mene à la mort.

MAUNI *sans dureté.*

J'ai suivi vos drapeaux
Pour guider vos Soldats, & non pas vos bourreaux.
Seigneur, je vous l'ai dit, & vous devez m'en croire,
Plus que votre faveur je chéris votre gloire.
L'Anglais n'est point esclave en vous devant sa foi.
Vous m'avez confié la gloire de mon Roi :
C'est un dépôt sacré dont j'aimais à répondre ;
Si vous le retirez, j'en vais gémir à Londre.

EDOUARD *toujours assis.*

(*A un Officier.*)
Téméraire, sortez... Vous, allez m'obéir.

(*Mauni & l'Officier sortent.*)

ALIENOR.

Harcourt vous abandonne, & Mauni va vous fuir!
O Maire de Calais! fois fûr de ta vengeance;
Ton rival, de ta mort, va répondre à la France.

EDOUARD *se levant*.

Comment! ce vil Sujet, vous l'égalez à moi!

ALIENOR.

Un Sujet vertueux, s'immolant pour son Roi,
Vaut bien un Roi, Seigneur, cruel dans sa victoire;
Embrasant l'Univers pour une ombre de gloire.
Vous, vassal de la France, & Sujet de Valois,
Du sang que vous versez vous rendrez compte aux loix.
Par vos rebellions les champs de l'Aquitaine
Reviendront pour jamais sous la main suzeraine.
Vos neveux, dépouillés de ce Fief paternel,
Maudiront l'artisan d'un désastre éternel:
Né pour être l'exemple & l'amour de la terre,
Vous serez le fléau même de l'Angleterre;
Et l'humanité sainte, expirant dans les pleurs,
Viendra vous reprocher des siecles de malheurs.

SCENE VI.

EDOUARD, HARCOURT, ALIENOR, GARDES.

HARCOURT.

EDouard, j'ai rendu vos fureurs légitimes.
Mes soins à l'échafaud arrachent vos victimes;
Elles sont maintenant près du Camp de mon Roi.

EDOUARD.

Perfide, oses-tu bien...

ALIENOR *avec une joie tranquille*.

Il est digne de moi.

EDOUARD.

Quoi! ces Français si fiers, qui bravaient le supplice,
S'abaissent, pour le fuir, au plus lâche artifice!

HARCOURT.

Non. Je les ai trompés sans paraître à leurs yeux.

A

A peine le Hérault eſt entré dans ces lieux ,
J'ai publié, Seigneur , qu'en vos mains apportée,
A l'inſtant leur rançon venait d'être acceptée ;
J'ai ſuppoſé votre ordre & hâté leur départ ,
Avant Melun lui-même ils quittaient ce rempart.
Votre Armée , autour d'eux , chantant leur délivrance,
Confirmait leur erreur & ſervait ma prudence.
Entendez-vous ces cris ? Tous les cœurs ſont jaloux
De vanter les vertus que j'annonçais en vous.
  Pour ces Infortunés je vous donne ma vie ;
Qui cauſa leur malheur , pour eux ſe ſacrifie :
C'eſt le moindre devoir. Rempliſſez donc vos vœux ,
Raſſemblez ſur moi ſeul leurs ſupplices affreux....

EDOUARD.

Tu les a mérités.

HARCOURT.

   Ce n'eſt point quand mon zèle
Vient de vous épargner une honte éternelle ;
Mais lorſque , trahiſſant mon Prince & mon Pays ,
J'ai porté la victoire à leurs fiers ennemis. (*à Aliénor.*)
Ah ! j'en pleure de honte. Ah ! dites à mon Maître
Que je meurs ſon Sujet , & digne enfin de l'être.
 (*Avec tranſport.*)
J'abjure entre vos mains le ſerment déteſté
Qu'à ſon rival heureux ma fureur a prêté....

EDOUARD.

Traître , qui m'as promis , comme au Roi légitime...

ALIENOR.

Le parjure eſt vertu quand on promit le crime.

EDOUARD.

Votre amour fait ſon crime & ſa perte en ce jour.

ALIENOR.

Il s'immole à ſa gloire , & non à mon amour.
Mais l'amour peut enfin reprendre ſa puiſſance ;
Il ne fut point ſon guide , il eſt ſa récompenſe.
Cher Harcourt , je te rends & te prouve ma foi ;
Je mourrai ton amante , & mourrai près de toi.
Que vois-je ? ### EDOUARD.

  Ciel !

I

SCENE VII. & derniere.

EDOUARD, HARCOURT, ALIENOR,
MAUNI, SAINT-PIERRE, AURELE,
AMBLETUSE, LES TROIS AUTRES
BOURGEOIS, GARDES.

HARCOURT *à Saint-Pierre.*

C'Eſt vous !
SAINT-PIERRE *à Harcourt.*
J'ai ſçu votre artifice ;
(A Edouard.)
Et vous, voyez, Seigneur, ſi j'en ſuis le complice.
Nous marchions, regrettant un glorieux trépas ;
Mais le brave Melun vient d'atteindre nos pas :
Son trouble à notre aſpect, ſa joie embarraſſée,
De ſoupçons importuns ont rempli ma penſée.
J'ai preſſé ſa franchiſe : à notre fermeté
Sa candeur héroïque a dû la vérité.
O mon Roi ! quel amour ! quels exemples ſublimes !
Tu hazardais tes jours.... Reprenez vos victimes,
Seigneur. Sur mon Pays quels que ſoient vos projets,
Vous connaiſſez enfin le Maître & les Sujets.

EDOUARD.
Je demeure interdit.
(Il reſte appuyé ſur un fauteuil.)
HARCOURT *à Saint-Pierre.*
Ah ! la mort nous raſſemble ;
Vous ne trahirez pas tous mes deſirs enſemble.
(A Aliénor.) (Prenant la main de Saint-Pierre.)
Adieu.... Marchons, amis.
(Ils font un pas en ſilence.)
AURELE *regardant Edouard & ſon Pere.*
Je cede à mon effroi.
Seigneur.... *(Il ſe jette aux pieds d'Edouard.)*

SAINT-PIERRE *se retournant.*

Mon fils aux pieds d'un autre que son Roi !

AURELE *à son Pere.*

Oui , j'ose demander, (c'est ma seule priere,)
  (*A Edouard.*)
De mourir le premier... loin des yeux de mon Pere.
Seigneur , songez au vôtre... Ah ! quand des fers brû-
      lans
Etaient prêts de percer & d'embraser ses flancs ,
Si tombant aux genoux de son Juge inflexible ,
Vous eussiez vu ce tigre , à vos pleurs insensible ,
Le frapper , vous couvrir de son sang paternel !...
Vous fûtes malheureux , & vous êtes cruel !

SAINT-PIERRE *relevant son Fils.*

Leve-toi , je rougis...

EDOUARD.

Où suis-je ? & quel murmure ,
Quels cris attendrissans jette en moi la nature !

ALIENOR.

Ah ! Seigneur , gardez-vous d'en étouffer la voix ;
Le Monde est trop heureux quand elle parle aux Rois.

EDOUARD.

Par tant de traits puissans mon ame est pénétrée !
Quel bandeau tombe enfin de ma vue égarée !
De combien de Héros je suis environné !
Par combien de vertus je me sens condamné !
Ma fiere ambition m'allait conduire au crime.
Gloire , idole des Rois , le Peuple est ta victime.
Ah ! je veux me punir. Je le veux , je le dois...
O Ciel ! quel sacrifice il faut faire à Valois !...
Mais n'importe... Vivez , ô généreux courages !...

AURELE.

Mon Pere !

EDOUARD.

De la paix soyez les premiers gages :
Allez. Si vos vertus ont aigri mon courroux ,
D'un Roi que vous servez on peut être jaloux.
  (*A Harcourt.*)
Toi , qui les a sauvés de ma fureur extrême ,

Tu me rends à l'honneur, je te rends à toi-même ;
Retourne vers ton Roi. Qu'il juge par ce don
Si de ſon ennemi je veux garder le nom.
En vain depuis trois ans le fortune l'accable ;
Un Peuple ſi fidele eſt un Peuple indomptable.
Lorſque ſur les Français je prétendis régner ;
Je cherchais leur amour, que j'eſpérais gagner ;
Mais il faudrait les vaincre en Tyran ſanguinaire :
S'il n'eſt un don des cœurs, le ſceptre peut-il plaire ?
Je renonce à leur Trône.

                 MAUNI *avec fermeté.*

                          Ah ! je vous reconnais :
Voilà le noble orgueil d'un cœur vraiment Anglais.

        EDOUARD *prenant la main de Mauni.*

C'eſt par d'autres vertus qu'on va me reconnaître,
Je veux faire aux Français regretter un tel Maître.

                SAINT-PIERRE.

Seigneur, par vos vertus attendez des Français
Reſpect, eſtime, amour, & non de tels regrets.
Daignez en ce moment recevoir notre hommage.
L'honneur d'un beau trépas a flatté mon courage ;
Mais je vais vous devoir le bien de mon Pays,
Ma vie eſt un préſent qui m'eſt doux à ce prix.

                ALIENOR.

Grand Prince, avec mon Roi que des nœuds vous
        raſſemblent !
Le Ciel fit pour s'aimer les cœurs qui ſe reſſemblent.
Ah ! de l'humanité rétabliſſez les droits ;
A l'Europe tous deux faites chérir ſes loix ;
Que par vous, des vertus cette mere féconde ;
Soit la Reine des Rois & l'oracle du Monde.

                F I N.

www.ingramcontent.com/pod-product-compliance
Lightning Source LLC
Chambersburg PA
CBHW060803180626
46818CB00002B/677